Sinful Kisses

Sündhafte Küsse

Inka Loreen Minden

Sinful Kisses

Sündhafte Küsse

erotischer Roman

dead soft verlag – editio cupido

Bibliografische Information der Deutschen Nationalbibliothek

Die Deutsche Nationalbibliothek verzeichnet diese Publikation in der Deutschen Nationalbibliografie; detaillierte bibliografische Daten sind im Internet über http://dnb.d-nb.de abrufbar.

Inka Loreen Minden

Sinful Kisses – Sündhafte Küsse

erotischer Roman

editio cupido
Hrsg: Monika Hanke

Umschlaggestaltung: Monika Hanke
Titelfotos:
Männerkörper: © Paul Parzych – fotolia.com
Bordüre: © dip – fotolia.com
Kamin: © jakezc – fotolia.com

Druck: Books on Demand GmbH, Norderstedt
Printed in Germany

ISBN: 978-3-934442-62-7

“amor vincit omnia – Liebe besiegt alles”
Vergil

„Das wurde aber auch Zeit!", seufzte Julian, als er sich aus dem Fenster der Mietkutsche lehnte und in der Abenddämmerung das prächtige Herrenhaus erblickte. Von der langen Fahrt taten dem jungen Mann sämtliche Knochen weh, weshalb er sich freute, dieses rumpelnde Gefährt endlich zu verlassen.

Shevington Manor, ein dreistöckiges, aus grauem Stein errichtetes Gebäude, lag eingebettet in einer großen Parkanlage mit ausladenden Wiesen, sich schlängelnden Bächen und Wegen, kleinen Seen und natürlichen Gärten. *Alleine die Landschaftspfleger müssen meinen Bruder ein Vermögen kosten,* dachte Julian und fuhr sich durch sein blondes Haar, das ganz durcheinander war, da er in der Kutsche geschlafen hatte. Die Ländereien der Familie Shevington lagen in der Grafschaft Essex, etwa fünfzig Meilen von London entfernt, und erstreckten sich über viele Hektar. Julian hielt seine Nase in die frische Luft und nahm die herrliche Aussicht in sich auf. *Kein Vergleich zur Stadt!*

Ein eleganter Reiter preschte an der Kutsche vorbei, dicht gefolgt von einem großen Hund. Der Mann saß auf einem edlen Hengst; das schwarze Haar flatterte ihm ums Gesicht. Julian wusste sofort, wer der breitschultrige Gentleman in der Reitkleidung war, der vor dem Eingang des Herrenhauses abstieg: Viscount Shevington, sein großer Bruder!

„Aidan!", rief Julian aus der Kutsche, und noch bevor der Zweispänner vor den Stufen gehalten hatte, sprang er heraus. „Prince!" Der schwarze Retriever kam auf Julian zugestürmt und warf ihn beinahe um, als er die Pfoten gegen seine Oberschenkel drückte. Der große Hund bellte laut und wedelte heftig mit dem Schwanz. „Hey, du Rumtreiber, wie geht es dir?" Julian kraulte das Tier hinter den Ohren, bevor Prince von ihm abließ und sich davontrollte.

„Julian?" Der große Mann wirkte sichtlich überrascht. Er übergab die Zügel einem herannahenden Burschen und zog sich die ledernen Handschuhe aus, die er seinem Butler in die Hand drückte. „Was machst du hier? Ist etwas mit Mutter oder Marianne?" Sofort lief Aidan auf den Jüngeren zu.

„Nein, es ist alles in Ordnung", grinste Julian, als er in die blauen Augen seines älteren Bruders blickte. Zwei tiefe Furchen hatten sich zwischen dessen Augenbrauen gebildet, die allerdings verschwanden, als sie sich in die Arme fielen.

Tief atmete Julian den vertrauten, männlichen Geruch ein, den nur Aidan verströmte. Es tat gut, ihm wieder zu begegnen. Julian hatte sich schon immer zu seinem großen Bruder hingezogen gefühlt. Deshalb war es furchtbar gewesen, als vor sieben Jahren ihr Vater starb, woraufhin Aidan das Familienoberhaupt wurde und den Titel erbte. Seitdem hatten sie viel weniger Zeit miteinander verbracht, da Aidan zahlreichen Verpflichtungen nachkommen musste. Und als sein großer Bruder auch noch auf den Landsitz gezogen war, hatten sie sich kaum mehr gesehen.

„Warum hast du mir nicht geschrieben, dass du kommst? Und warum hast du nicht die Familienkutsche genommen?" Lord Shevington hielt Julian an den Schultern fest und musterte ihn von oben bis unten. „Blendend siehst du aus, Jul. Aus dir ist ein richtiger Mann geworden!"

Aidan hat keine Ahnung, wie viel mir seine Worte bedeuten, sagte sich Julian, als er den Viscount ebenfalls eingehender betrachtete. Aidan trug eng anliegende Breeches, die seine muskulösen Oberschenkel besonders gut zur Geltung brachten. Der Frack betonte die breiten Schultern und zeigte Julian wieder einmal, wie verschieden sie doch waren. Alles an seinem Bruder war kräftig, groß und muskulös, während Jul ihm kaum bis zum Kinn reichte und eher schmal gebaut war.

„Es war ein spontaner Entschluss", sagte Julian, der gerade von einem Lakaien seinen Beutel entgegennahm, bevor sich die Reisekutsche wieder knirschend in Bewegung setzte. „Ich musste raus aus London, sonst hätte ich mich in die Themse gestürzt."

„Was ist denn passiert?"

Julian verdrehte die Augen. „Mutter." Mehr musste er nicht sagen, damit Aidan ihn verstand. Dieser lachte und wirkte dadurch unwahrscheinlich attraktiv auf Julian. *Wie sehr ich ihn vermisst habe,* ging es dem blonden Mann immer wieder durch den Kopf, obwohl sie sich erst vor einem halben Jahr das letzte Mal gesehen hatten.

Aidan legte einen Arm um seine Schultern und führte ihn die Treppen hinauf. „Komm, Jul, lass uns reingehen. So wie ich dich kenne, musst du am Verhungern sein."

Nachdem Aidan und Julian die Kleidung gewechselt und zu Abend gegessen hatten, zogen sie sich in einen privaten Salon zurück, der Aidan auch als Arbeitszimmer diente, um sich fernab der Dienerschaft ungestört zu unterhalten. Die Brüder saßen in tiefen Ledersesseln vor einem prasselnden Kamin, wobei sich ihre Knie leicht berührten, da sie beide sehr lange Beine hatten. Prince lag hinter Aidans Sitz, die schwarze Schnauze unter den Pfoten versteckt. Manchmal gähnte er, knurrte im Schlaf oder änderte seine Position, aber sonst schien er sehr zufrieden zu sein.

Aidan lauschte seinem kleinen Bruder, der ihm überschwänglich sein Leid klagte, und ließ ihn dabei keine Sekunde aus den Augen. Er wusste nicht, wie lange Julian blieb, weshalb er jedes Detail in sich aufsaugen wollte, um sich später wieder daran erinnern zu können. Aidan fehlte seine Familie, doch er würde um nichts auf der Welt wieder nach London gehen. Das hektische Stadtleben und die vielen Menschen waren nichts für ihn. Zudem hatte es dort vor langer Zeit einen Vorfall gegeben, der ihm noch immer in den Knochen steckte.

„Mutter und Marianne schleppen mich auf jedes gesellschaftliche Ereignis mit, um mich unzähligen jungen Damen vorzustellen“, jammerte Julian. „Ich kann keine Opern, Bälle oder sonstige Veranstaltungen mehr sehen.“

„Das glaube ich dir“, sagte Aidan todernst. „Jetzt weißt du, warum ich mich hier ganz wohlfühle.“ Er angelte nach der Karaffe, die auf dem Beistelltisch stand, bevor er seinem Bruder etwas Brandy nachgoss. *Der Kleine verträgt wohl nicht viel,* grinste er in sich hinein, als er die roten Flecken auf Julians Wangen bemerkte. *Mal sehen, wie trinkfest du bist, Brüderchen.*

„Ich habe einfach noch kein Interesse an Mädchen und Heiraten und all so was“, fuhr Julian fort. „Ich möchte meine Freiheiten genießen, so lange ich kann.“ Er leerte das Glas in einem Zug und hielt es Aidan vor die Nase, der kommentarlos nachschenkte.

„Hast du schon mal ein Mädchen geküsst, Aidan, so richtig auf den Mund?“

Diese Frage überraschte den Lord. Es war lange her, dass sie über solche Themen gesprochen hatten. Da waren sie noch halbe Kinder gewesen. Aber bevor er etwas antworten konnte, sagte Julian: „Natürlich hast du. Du wirst bald dreißig, siehst gut aus, bist ein Viscount – die Frauen liegen dir sicher haufenweise zu Füßen. Du hast dich doch bestimmt schon nach einer Frau umgesehen, mit der du einen Erben zeugen möchtest?“

„Na ja ...“ Aidan kam einfach nicht dazu, etwas zu erwidern, aber daran war er gewöhnt. Er war schon immer der Ruhigere von ihnen gewesen, während Julian vor Energie nur so zu strotzen schien.

„Mutter wartet schon auf Enkelkinder, weißt du, und ich finde, dass du zuerst an der Reihe bist, schließlich bin ich sechs Jahre jünger als du.“ Julian stellte das leere Glas auf den Tisch und lehnte sich zurück. Er schien sich bei ihm wohlzufühlen, denn er kuschelte sich in eine Ecke des Sessels. Aidan bemerkte, dass sein kleiner Bruder immer noch diese lustigen Sommersprossen um die Nase hatte. Als sich Julian über die schön geschwungenen Lippen leckte, spürte Aidan ein Ziehen in seinem Unterleib, das er sich nicht erklären konnte.

„Mutter macht mich verrückt mit ihren Verkupplungsplänen. Ich muss mich echt erholen, ich bleibe bei dir, bis die Saison vorüber ist, also, falls du nichts dagegen hast.“ Julian blickte ihn mit seinen smaragdgrünen Augen eindringlich an, worauf Aidans Herz schneller schlug.

Verdammt, was ist heute nur los mit mir?, fragte sich der große Mann und fuhr sich unwirsch durchs Haar. „Wieso sollte ich etwas dagegen haben? Tatsächlich finde ich es ganz angenehm, ein wenig die Gesellschaft von einem Menschen zu genießen, der mir schon immer der liebste war.“

„Wirklich?“ Julians Augen strahlten. „Weißt du, du bist auch schon immer mein Lieblingsbruder gewesen.“

„Du hast ja nur einen Bruder, Strohkopf!“ So hatte Aidan ihn früher immer wegen seiner verstrubbelten blonden Haare genannt.

Julian lachte, und seine hellen Zähne blitzten auf. „Ich meinte ja auch im Gegensatz zu Marianne.“

„Sie ist auch deine *Schwester*“, grinste Aidan. „Ein Mädchen.“

„Ja, jetzt ist sie ein M ä d c h e n", sagte Julian gedehnt, „eigentlich schon eine richtige Frau, aber erinnere dich an die Zeiten, als sie mit uns durch den Schlamm gewatet ist und auf Bäume geklettert. Mutter hat alles daran gesetzt, um aus ihr eine richtige Dame zu machen."

„Und, hat sie es geschafft?"

„Ich befürchte ja. Sie ist genauso schlimm wie Mutter. Ständig lädt sie ihre Freundinnen zum Tee ein, nur um mich vorzuführen. Es ist einfach schrecklich."

„Jetzt sind wir Männer ja unter uns", kicherte Aidan, bevor ihm die Bedeutung seiner Worte bewusst wurde. *Ja, Jul ist ein richtiger Mann.*

Sein kleiner Bruder zog sich das Krawattentuch vom Hals, und Aidan konnte dessen entblößten Kehlkopf sehen. *Er hätte bei den Frauen die allerbesten Chancen,* überlegte der Viscount. *Er sieht außerordentlich gut aus.* Aidans Augen tasteten den jungen Körper ab, der ausgestreckt vor ihm lag, da Julian immer tiefer in den Sessel sank.

„Um noch mal aufs Küssen zurückzukommen", lallte dieser leicht. „Wie funktioniert das eigentlich?"

Will er mir weismachen, dass er noch nie ein Mädchen geküsst hat?, wunderte sich Aidan. Ein warmes Gefühl durchflutete seine Brust. Plötzlich fühlte er sich dazu berufen, Julian ein wenig Nachhilfe in Sachen Liebe zu geben. Schließlich trug er als Oberhaupt der Familie auch eine gewisse Verantwortung für seine Geschwister.

Aidan räusperte sich und fühlte, wie ihm noch wärmer wurde, aber er schob es auf den Alkohol. „Na ja, zuerst musst du dir natürlich einen Ort suchen, wo ihr möglichst nicht überrascht werdet. Ein Kuss ist eine sehr komplizierte Sache, wenn du Pech hast und dabei erwischt wirst, musst du das Mädchen womöglich heiraten."

„Das ist mir klar!", stieß Julian hervor. „Und weiter?"

„Du stellst dich nah zu ihr hin, berührst ihren Arm, sagst ein paar nette Worte und machst ihr Komplimente über ihr Aussehen ...", während Aidan erzählte, beugte er sich zu Julian hinüber. Dabei stützte er die Unterarme auf den breiten Lehnen von Julians Sessel ab, weil ihm leicht schwindlig war. Der Brandy stieg Aidan schneller zu Kopf, als er dachte.

„Was würdest du mir für Komplimente machen, wenn ich ein Mädchen wäre?“, fragte Julian leise.

„Du hast wunderschöne Augen. Sie glänzen wie Smaragde“, flüsterte Aidan.

Eine Weile starrten sie sich einfach nur an und verloren sich in den Augen des anderen, bevor Julian sich vorbeugte und Aidans Wangen umfasste. Theatralisch, mit einem spöttischen Zug um die Mundwinkel, seufzte er: „Und deine Augen leuchten wie Aquamarine, mein Herz.“

Plötzlich schien die Zeit stillzustehen. Nur das Prasseln des Feuers und das Ticken der Standuhr waren zu hören. Julian sah ihn ernst an und hauchte: „Funktioniert es so?“ Langsam, aber unaufhörlich, kamen Julians Lippen näher, bis sie zart über Aidans Mund strichen. Dieser wollte sich abwenden, doch er konnte nicht; er war wie gelähmt. Es fühlte sich herrlich an, wie vorsichtig Julians Zunge über seine Lippen fuhr, worauf er die Augen schloss. *Es ist zu lange her ...* Aidan spürte Julians heißen Atem und roch den Brandy, bevor er flüsterte: „Du bist ein Naturtalent, Jul.“

Julian wich ein Stück zurück, ohne seine Wangen loszulassen, und grinste frech. Durch Aidans Körper rauschte das Blut und schoss geradewegs in seine Lenden; der Puls klopfte ihm hart in den Ohren. *Ich darf mich nicht in ihn verlieben, nicht in Jul. Er ist mein Bruder!*

Mit verklärtem Blick meinte Julian: „Du bist ein guter Lehrmeister“, bevor er seine Lippen hart auf Aidans Mund presste.

Aidan entfuhr ein Stöhnen. Er ließ sich auf Julian fallen und vergrub seine Finger in dem weichen hellen Haar. Seine wachsende Männlichkeit drückte sich dabei gegen Julians Oberschenkel, wo er sich an ihm rieb, um das erregende Gefühl zu verstärken. Anschließend ließ er die Hände über Julians flache Brust gleiten, die sich unter der Kleidung schnell hob und senkte. Ohne zu überlegen, zerrte ihm Aidan den Stoff aus der Hose, um mit den Fingern darunterzufahren. Als er die warme glatte Haut berührte und die harten Brustwarzen liebkoste, spürte er Julians Hand zwischen seinen Beinen. *Himmel, was machen wir da!,* durchfuhr es Aidan schlagartig, während Julians Zunge immer wieder in seinen Mund schnellte. Sofort riss er sich von seinem jüngeren Bruder los und ließ sich rückwärts in den Sessel fallen. Aidan war zutiefst geschockt und verwirrt – er wagte es nicht, Julian anzusehen, bis dieser laut auflachte. „Verdammter Alkohol, was, Aidan? Du hast mich abgefüllt!"

„Vielleicht solltest du doch bald heiraten", sagte Aidan rau.

„Niemals!", grinste Julian verwegen und starrte Aidan auf den Schritt, wo sich eine beachtliche Beule abzeichnete. Sofort schlug der Lord die Oberschenkel übereinander und stützte seinen Kopf schwer auf eine Hand.

Schwankend kam Julian auf die Beine, um sich noch etwas Brandy nachzuschenken. „Greifst du den Frauen auch immer gleich an die Brust? Du bist ja ein Schwerenöter, Aidan!"

„Wir wollen mal nicht erwähnen, wo *deine* Hand war!" Aidan lächelte schief. Er war erleichtert, dass sein Bruder diesen Vorfall als Spaß abtat. Ihm selbst stand der kalte Schweiß auf der Stirn, und sein ganzer Körper zitterte. Nur schwer konnte er sich wieder in den Griff bekommen. Aidan wusste schon lange, dass ihn Männer reizten, aber sein eigener Bruder? *Kann es noch schlimmer kommen?*, seufzte er innerlich. *Erst Henry und jetzt Julian? Ich bin verflucht.*

„Ich merke, großer Bruder, du hast das schon öfter gemacht!"

Aidan starrte in das Kaminfeuer, ohne ihm zu antworten. *Wenn du wüsstest, Jul, wenn du nur wüsstest ...*

Am nächsten Morgen wachte Julian mit fürchterlichen Kopfschmerzen auf, als ein hagerer Diener gerade die Vorhänge aufzog. „Wie spät ist es, Wexcomb?", gähnte Jul und versuchte sich im Bett aufzurichten.

Der alte Mann sah ihn mit gerunzelter Stirn an. „Es ist bereits nach Mittag, Sir."

Julian kannte Wexcomb schon sein ganzes Leben. Er gehörte zu Shevington Manor wie die antike Einrichtung, weshalb er ihm diesen vorwurfsvollen Blick verzieh.

„Was macht mein Bruder?" Ausgiebig streckte Julian seine lahmen Glieder und gähnte noch einmal herzhaft.

„Lord Shevington hat heute schon sehr zeitig das Haus verlassen", erwiderte der Butler, während er Jul in den Morgenrock half. Dann schickte Julian ihn aus dem Zimmer, da er sich alt genug fühlte, um sich alleine anzuziehen. *Dieses ständige Betüdeln geht mir total auf den Geist*, dachte er sich. *Das nervt mich in Mutters Haus schon zur Genüge.*

Er ging zum Fenster und blickte hinaus auf den weitläufigen Park. Eine Weile betrachtete er den kunstvollen Brunnen, der gemütlich vor sich hinplätscherte, bevor sein Blick zum Horizont schweifte, wo dicke Wolken wie weiße Schäfchen über den Himmel zogen. Was war es doch schön hier!

Ob Aidan geschäftlich unterwegs ist oder mir nur nicht unter die Augen treten möchte? Diese Fragen stellte er sich gerade unentwegt. *Wahrscheinlich Letzteres.* Julian konnte sich noch gut an die Geschehnisse des gestrigen Abends erinnern, obwohl er einen über den Durst getrunken hatte. *Verdammt, Aidan, was war das nur zwischen uns?* Vorsichtig legte Jul seine Stirn gegen das kühle Fensterglas und schloss die Augen, um sich noch einmal den wundervollen Kuss ins Gedächtnis zu rufen. *Sein Mund hat so gut geschmeckt, ob das beim Küssen immer so ist? Vielleicht sollte ich es doch einmal bei einem Mädchen probieren?* Aber Jul wollte keine Frau küssen – es fiel ihm auf jeden Fall keine ein, die dafür infrage kam, denn er sah immer nur Aidans scharf geschnittenes Gesicht vor Augen und die schmalen Lippen, die ihn so stürmisch empfangen hatten. *Der Kuss darf nicht zwischen uns stehen, ich muss etwas dagegen unternehmen. Schließlich waren wir beide betrunken!*

Seufzend wich er in den Raum zurück, um die Kleider zu begutachten, die ihm Wexcomb zurechtgelegt hatte: eine weiße Hose, eine dunkelgrüne Weste und passend dazu einen Frack. *Die Sachen hatte ich überhaupt nicht eingepackt*, wusste Jul. Aber die Shevingtons hatten immer eine Auswahl an Kleidung im Herrenhaus, falls es sie spontan überkam, etwas Landluft zu schnuppern. *So wie mich*, grinste Julian in sich hinein. Er fragte sich, ob seine Mutter den Abschiedsbrief entdeckt hatte, den er ihr vor der überstürzten Abreise geschrieben hatte. *Bestimmt. Hoffentlich kommt sie nicht nach. Sie erstickt mich mit ihrer Fürsorge.* Aber so, wie er Lady Cathérine kannte, wollte sie mit Sicherheit kein gesellschaftliches Ereignis verpassen, immerhin suchte sie für Marianne einen Ehemann.

Julian gelüstete es jetzt mehr nach frischer Luft und einem wilden Ritt über die Wiesen, damit er seinen Kopf frei bekam. Also ging er in den Ankleideraum, um in seine bequemen Breeches und die Stiefel zu schlüpfen, bevor er sich auf den Weg zu den Stallungen begab. Unterwegs machte er einen Abstecher in die Küche, denn sein Magen knurrte beleidigt.

„Na, wenn das nicht mein Juju ist!", strahlte ihn die rundliche Köchin an. Sie wischte sich ihre Hände an der Schürze ab und umarmte ihn herzlich.

„Hallo, Ellen!" Er ließ sich kurz von ihr drücken, bevor sie ihn eingehend musterte. „Dünn seid Ihr geworden, Julian, aber es ist noch genug vom Mittagessen übrig. Ich bekomm Euch schon wieder hin. Lord Shevington meinte, Ihr bleibt länger?"

Julian nickte, als er sich an den alten Holztisch setzte, der eigentlich nur für das Personal gedacht war. Doch als junger Bursche hatte er sich oft heimlich zu Ellen in die Küche geschlichen, da sie immer etwas Leckeres für ihn hatte. Es war schön, dass noch so viele von den alten Angestellten in dem Herrenhaus arbeiteten. Aidan hatte sie nach dem Tod ihres Vaters sicher deshalb übernommen, weil er sich auf diese Leute verlassen konnte. *Heutzutage ist es schwer, anständiges Personal zu bekommen,* wusste er von den Tiraden seiner Mutter, und er grinste zu Ellen hinüber, die ihm gerade eine reichliche Portion Eintopf auf einen Teller schaufelte. Das war natürlich nicht die Mahlzeit, die man Aidan vorgesetzt hatte, aber um Längen besser! Genüsslich löffelte er alles aus und wischte den Teller anschließend mit einem Stück Brot sauber, das er sich, die Etikette außer Acht lassend, einfach in den Mund stopfte.

Ellen sah ihn mit großen Augen an. „Bekommt Ihr in London nichts zu essen, junger Mann?"

„Nicht das Richtige", mampfte er und meinte, nachdem er geschluckt und alles mit einem Glas Wein heruntergespült hatte: „Wenn ich wieder heimfahre, nehme ich Sie mit."

Plötzlich schreckte er auf, als sich ein haariger Kopf zwischen seinen Beinen hindurch auf seinen Schoß drückte. „Prince! Du alter Rumtreiber, was machst du denn hier?"

„Na, betteln, was sonst." Ellen warf dem Hund ein rohes

Stück Fleisch unter den Tisch, das dieser begierig auffraß.

„Hat mein Bruder ihn nicht mitgenommen?"

Die Köchin sah ihn mit gerunzelter Stirn an. „Ja, das habe ich mich heute auch schon gefragt, doch der Lord hatte es wohl sehr eilig. Das sieht ihm eigentlich nicht ähnlich, Prince hierzulassen, die beiden sind ein Herz und eine Seele."

Julian wusste, dass Aidan das Tier vor zwei Jahren verletzt im Straßengraben gefunden hatte. Er hatte es nicht übers Herz gebracht, den noch relativ jungen Hund sterben zu lassen, und so hatte er ihn mit Ellens Hilfe versorgt und wieder aufgepäppelt. Seit diesem Tag wich Prince seinem neuen Herrchen nicht von der Seite, außer, wenn er sich zu Ellen schlich.

Frisch gestärkt und frohen Mutes trabte Julian auf einem prächtigen Hannoveraner über die Wiesen auf das angrenzende Waldstück zu. Prince lief ein Stück vor ihm her, und Julian hatte nichts Besseres vor, als ihm zu folgen. Es war ein sehr heißer Sommertag. Julian war danach, heute etwas ganz Verrücktes zu machen, wie damals, als er noch ein Junge war. Spontan fiel ihm der kleine Waldsee ein, zu dem sich Aidan, Marianne und er immer geschlichen hatten, um darin zu baden, obwohl es ihnen Mutter ausdrücklich verboten hatte. Sie hatte Angst gehabt, ihre Kinder könnten in dem dunkelgrünen Wasser ertrinken.

Als erriet Prince seine Gedanken, schlug er den Weg zum See ein und verschwand zwischen den Bäumen. Von einer tiefen Zufriedenheit erfüllt, sah Julian zu dem Blätterdach hinauf, das nur vereinzelt ein paar Sonnenstrahlen hindurchließ. Es duftete nach Moos und frischer Erde, allerlei Getier summte und zwitscherte um ihn herum, und Jul wusste, warum er sich hier so wohlfühlte. *Ich vermisse die Natur.* Natürlich gab es in London den Hyde Park, den Regent's Park, Kensington oder Vauxhall Gardens und noch weitere außergewöhnliche Anlagen inmitten der betriebsamen Stadt, doch sie konnten niemals das Land ersetzen, das er als Kind schon so sehr geliebt hatte.

Ein Schnauben lenkte seinen Blick zurück auf den Weg. „Das ist doch Aidans Pferd!", sagte Julian zu Prince, als er den schwarzen Hengst bemerkte, der an einem Baum festgebunden war. „Du hast gewusst, dass er hier ist, was, Rumtreiber?“ Sofort stieg Jul von seinem Tier und befestigte die Zügel an demselben Stamm, bevor er sich umblickte. Ein schmaler Pfad führte zwischen Büschen hindurch zum See, an dessen Ufer ein paar Kleidungsstücke lagen.

Juls Herzschlag beschleunigte sich. *Aidan ist hier!* Er freute sich, an diesem Ort seinen großen Bruder anzutreffen, mit dem Julian viele schöne Erinnerungen an seine Kindheit verband. Hinter den Büschen versteckt, entledigte er sich selbst seiner Sachen und ging erst ins Wasser, als ihm Aidan den Rücken zukehrte, um eine weitere Bahn zu schwimmen. Prince bedeutete er, sich noch eine Weile still zu verhalten, doch der Hund verschwand schnüffelnd zwischen den Bäumen; anscheinend konnte er eine interessante Fährte ausmachen.

Der See war angenehm erfrischend, und ohne seine Kleidung fühlte sich Julian unwahrscheinlich frei und zu allen Schandtaten bereit. Kurz bevor er bei seinem großen Bruder ankam, tauchte Jul, um die letzten Züge unter Wasser zu machen. Als er Aidan erreichte, packte er dessen Bein und zog daran.

Prustend kam Julian an die Oberfläche.

„Verdammt, Jul, du hast mich zu Tode erschreckt!“, fuhr Aidan ihn an, aber sofort grinste er verschmitzt. „Na warte, das wirst du mir büßen!“ Er stützte sich auf Julians Schultern ab, um ihn unterzutauchen. Der legte seine Arme um Aidans nackten Körper und zog ihn ebenfalls unter Wasser, bevor er blitzschnell ans Ufer schwamm.

Julian war schon immer der schnellere Schwimmer gewesen, was vielleicht daran lag, dass er leichter und schlanker war als sein Bruder, aber der war ihm dicht auf den Fersen und hatte die bessere Ausdauer.

Schnell sprang Jul auf die Böschung zu und versteckte sich hinter einem dicken Baumstamm. Er lugte vorsichtig daran vorbei, während er mit heftig klopfendem Herzen nach Luft rang. Er sah Aidan genau in dem Moment, als dieser den See verließ. Wasser lief in feinen Rinnsalen an ihm herab und verfing sich in seinem schwarzen Schamhaar. Jul konnte einfach nicht die Augen von dem schönen Männerkörper nehmen, der ihn an die antiken Statuen im Historischen Museum erinnerte: Kräftige Muskelstränge wölbten sich unter den aufgerichteten Nippeln, und Aidans Geschlecht baumelte trotz des kühlen Wassers lang und schwer zwischen seinen Schenkeln. Dieser Anblick verursachte ein sehnsüchtiges Ziehen in Juls Lenden.

Aidan schüttelte sein pechschwarzes Haar, sodass die Feuchtigkeit davongeschleudert wurde und wie Tau in der Sonne aufblitzte. „Zeig dich, Feigling!“, rief er lachend und trat ans Ufer.

Sofort schloss Julian die Lider und lehnte sich schwer gegen die raue Borke. *Er ist mein Bruder und ein Mann noch dazu – es ist sündhaft, ihn so lüstern zu betrachten.*

„Hab ich dich!“

Erschrocken riss Jul die Augen auf. Sein großer Bruder stand dicht vor ihm, umfasste seine Handgelenke und drückte sie über seinem Kopf gegen den Baumstamm, bevor sich Aidan mit ganzem Gewicht gegen ihn presste, so, wie sie es früher als Kinder immer gemacht hatten.

„Jetzt bist du fällig“, sagte Aidan außer Atem.

Jul hatte Aidans Oberkörper vor Augen, der sich rasch hob und senkte und in dessen Brusthaar noch ein paar Tropfen hingen. Wasser perlte auch über sein Gesicht, worauf Jul am liebsten seine Hände darübergleiten lassen wollte, so wunderschön war es.

Aber er riss sich von Aidan los und lief davon, bevor sie wieder in eine unangenehme Situation gerieten. Da war etwas zwischen ihnen, was man mit Worten schlecht beschreiben konnte, das spürte Jul mit jeder Faser seines Körpers. Es war sündig und absolut verboten.

„Ich bin schneller als du, Aidan!“, rief Julian gespielt übermütig, bevor sein Bruder ihn um die Hüften fasste und sie gemeinsam in das weiche Gras fielen. Sie alberten herum wie früher, maßen ihre Kräfte und rollten über die Wiese, bis Aidan auf ihm zu liegen kam. Mit einer Hand hielt er Julian die Handgelenke über dem Kopf zusammen, während er ihn mit der anderen Hand unter dem Arm kitzelte.

„Du Bastard!“, kreischte Jul und wand sich, doch er hatte keine Chance gegen Aidan. Der war einfach stärker.

„Selber Bastard", schnaufte Aidan grinsend, doch plötzlich wurde er ernst und erstarrte über ihm. Eine Weile sahen sich die Männer tief in die Augen und Jul fühlte deutlich, wie sich etwas Hartes gegen sein Bein drückte, bevor sich Aidan von ihm herunter auf den Rücken rollte und in den Himmel starrte.

Bellend lief Prince an ihnen vorbei und rannte geradewegs in den See, wo er sich mit dem aufspritzenden Wasser bestens vergnügte, doch Aidan schien das nicht einmal zu bemerken.

„Hey, Aidan, was hast du?"

„Nichts, Strohkopf, ich habe nur keine Lust mehr."

„Sieht aber ganz anders aus", spottete Jul, wobei er bewusst auf Aidans Erektion sah. „Du brauchst ein Mädchen, Aidan, so geht das doch nicht weiter."

„Ach, Quatsch, ich lasse dir den Vortritt, kleiner Bruder." Aidan lächelte ihn merkwürdig an, dann nahm er sein aufgerichtetes Geschlecht in die Hand und begann, daran zu reiben, ohne den Blick von Julian abzuwenden.

Fasziniert verfolgte dieser, wie die geschwollene Spitze immer wieder sichtbar und bald von einem feuchten Film überzogen wurde, wenn Aidan seine Hand zurückschob. „Hör auf", meinte Julian halbherzig, „davon wirst du krank, und es ist eine Sünde." Aber er konnte nicht wegschauen. Es erregte Jul, seinem Bruder dabei zuzusehen, wie er sich selbst Lust verschaffte. Einige Male hatte er das auch schon gemacht, danach aber immer ein unwahrscheinlich schlechtes Gewissen gehabt.

„Vielleicht ist es Sünde", sagte Aidan mit entrücktem Blick, „aber ich werde höchstens krank, wenn ich es nicht mache." Immer schneller glitt seine Hand über den enormen Ständer. „Sehe ich etwa krank aus, Jul? Ich mache es jetzt seit Jahren beinahe täglich und es geht mir bestens damit. Du solltest es selbst mal probieren."

Aber Julian war unfähig dazu, obwohl seine eigene Härte bereits heftig pochte.

Plötzlich stöhnte Aidan auf, bog den Rücken durch und verkrampfte sich. In pulsierenden Schüben spritzte die milchige Flüssigkeit in den blauen Himmel und ergoss sich auf Aidans

Hände und dessen Bauch.

Erst jetzt bemerkte Julian, dass er seinen eigenen Schaft festhielt und beinahe selbst gekommen wäre. Schnell nahm er die Hände weg und folgte Aidan in den See. Jul brauchte dringend eine Abkühlung. *Warum fühlen wir uns plötzlich zueinander hingezogen?*, überlegte er. *Nun gut, ich muss zugeben: Ich hege für Aidan schon lange tiefe Gefühle, aber ich hätte nie geglaubt, dass es ihm ebenso ergeht. Und ich spüre, dass es so ist. Er hat mich angesehen, als wolle er sich auf mich stürzen! Oh, Aidan, warum musst du nur mein Bruder sein und ein Mann noch dazu?*

Aidan stand mit dem Rücken zu ihm im Wasser und wusch sich, während Prince ans Ufer spazierte, sein Fell ausschüttelte und sich auf der Wiese ausstreckte.

„Du bist schlimm verdorben, großer Bruder, und so was schimpft sich Viscount!", rief Jul. Eigentlich hatte er das zum Spaß gemeint, doch als Aidan sich umdrehte und ihm einen verzweifelt-traurigen Blick schenkte, durchfuhr ein schmerzhafter Stich Julians heftig schlagendes Herz.

Drei Tage später schwangen sie sich auf ihre bepackten Pferde und ritten los. Julian hatte sich schon beschwert, weil er Aidan so selten zu Gesicht bekam, aber dieser hatte sich in seine Arbeit gestürzt, um Julian nicht unter die Augen treten zu müssen. Das Erlebnis am See wühlte ihn immer noch auf.

Was ist nur in mich gefahren?, dachte Aidan verzweifelt. Er machte sich Vorwürfe, weil er seinen Bruder überreden wollte etwas so Schändliches zu tun. *Doch Jul ist stark geblieben. Er ist nicht so unbeständig wie ich.* Das hatte ihn einst in eine schreckliche Lage gebracht, für die er immer noch teuer bezahlte. Was war er doch schwach – er hatte nichts daraus gelernt. *Dafür werde ich in der Hölle schmoren. Mein Gehirn setzt immer aus, wenn mich die Lust überfällt, dagegen kann ich nichts unternehmen, alles andere verliert dann an Bedeutung. Wahrscheinlich bin ich schon krank, wie Jul sagt, schwer krank sogar. Ich muss mich in Zukunft von Julian fernhalten.* Aber diesen Jagdausflug hatte Aidan seinem Bruder schon vor Jahren versprochen, weshalb er nicht umhin kam, sein Versprechen nun zähneknirschend einzulösen. *Während wir uns auf das Jagen konzentrieren, werden wir uns nicht zu nahe kommen,* hoffte der Lord.

Sie ritten über die weitläufigen Wiesen bis zu den tiefen Wäldern, und der Herrgott schien es gut mit ihnen zu meinen. An diesem Sommertag verdeckte keine Wolke den blauen Himmel. Aidan zog seinen Bruder immer wieder damit auf, weil er sich nicht traute, auf ein kleines Häschen oder ein Reh zu schießen.

„Es sieht mich so unschuldig an, wie kann ich es dann nur töten?", lachte Julian, worauf Aidan meinte: „Du bist genauso ein Angsthase wie Prince." Der Retriever hatte sie nicht begleiten wollen, als er die Gewehre gesehen hatte. Aidan vermutete, dass es mit der Kugel zusammenhing, die er dem Tier einst aus der Schulter geholt hatte. Sein Vorbesitzer war wohl kein netter Mensch gewesen.

„Nein, Prince ist nur verdammt raffiniert." Julian grinste bis über beide Ohren. „Während du nicht auf ihn aufpasst, schlägt er sich bei Ellen den Bauch voll!"

Beide hatten eine Menge Spaß. *Julian ist so rein und unschuldig,* dachte Aidan. Er musste dafür sorgen, dass es auch so blieb.

Aber das Schicksal hatte es anders vorgesehen: Innerhalb von Minuten schlug das Wetter um. Wind kam auf, dicke graue Wolken verdeckten die Sonne, und schon fielen schwere Tropfen auf Pferde und Reiter herab. Als ein Blitz den Wald erhellte, gefolgt von einem ohrenbetäubenden Donnerknall, hielt es Aidan für das Beste, in einer nahe gelegenen Hütte Schutz zu suchen. Der Nachhauseweg war einfach zu lang. Sie könnten sich eine Erkältung einfangen und das würde Aidan nicht riskieren. Ihr Vater war an einer Lungenentzündung gestorben.

„Hier entlang, Jul!", rief er durch das Krachen des Donners, und schon bald hatten sie das kleine Holzhaus erreicht. Schnell versorgten sie die Pferde, die vor Regen geschützt in einem Verschlag standen, bevor die Männer in die Jagdhütte hineingingen.

Der Innenraum war sauber und aufgeräumt. Es gab nur

einen Tisch und zwei Stühle, eine schmale Pritsche und eine Feuerstelle, auf die Aidan sofort zuschritt, um darin Holz aufzuschichten.

„Wem gehört die Hütte?", fragte Julian.

„Lord Riverdale, meinem Nachbarn. Er besitzt das Land südlich von meinem Grund. Ich darf sie nutzen, so oft ich möchte."

Julian kam herüber, um ihm beim Feuermachen zu helfen. „Dann befinden wir uns gar nicht mehr auf deinem Boden?"

„Nein, kleiner Bruder. Wie du schon sagtest, ich bin schlimm verdorben. Wildern ist meine andere Spezialität." Smaragdgrüne Augen bohrten sich in ihn wie Dornen. Julian schien schockiert zu sein, weshalb Aidan seine Worte sofort bereute. Er wandte den Blick ab und stocherte in der alten Asche. „Tut mir leid, Jul, aber ich glaube, ich bin kein guter Mensch. Du solltest mich niemals zum Vorbild nehmen."

„Du warst schon immer mein Vorbild", flüsterte Julian und legte ihm eine Hand auf die Schulter.

Als die Flammen endlich loderten, schälten sich beide aus ihrer durchnässten Kleidung, die sie rund um die Feuerstelle auf dem Holzboden ausbreiteten. „Hoffentlich hört dieser fürchterliche Regen bald auf. In zwei Stunden wird es dunkel." Seufzend blickte Aidan zu dem kleinen Fenster hinaus, um die Hüften nur ein dünnes Laken gewickelt, das er von der Pritsche gezogen hatte. Seinem Bruder hatte er die Decke überlassen.

Dieser hob gerade die schmale Matratze vom Bett und legte sie vor den Kamin. „Ich finde das aufregend, Aidan. Lass uns doch hier übernachten, wir haben genug Proviant dabei."

Als Aidan sich umdrehte und in die strahlenden Augen seines Bruders blickte, gab er nach. „Wahrscheinlich haben wir sowieso keine Alternative. Lass uns das Beste draus machen. Was haben wir dabei?" Er kniete sich neben Julian auf die Matte, der schon eifrig dabei war, ihre Beutel zu durchstöbern.

„Ellen ist einfach großartig, Aidan!" Julian zog zwei Flaschen Wein heraus, ein gebratenes Huhn, Brot und allerlei Obst. „Wenn ich wieder nach London fahre, nehme ich sie mit."

„Nichts da", grinste Aidan und riss sich einen Hähnchenschenkel ab. „Sie gehört mir!"

Schon bald lachten sie und prosteten sich zu, während der Wein ihre Kehlen hinablief. Der Regen hatte längst aufgehört und die Dunkelheit war hereingebrochen, aber das bekamen die beiden nicht mit. Sie waren vertieft in Anekdoten aus ihrer Jugend und fütterten sich gegenseitig mit Ellens Leckereien.

„Du hast den Kuchen versteckt, du Schuft!", mokierte sich Aidan, als Julian das Gebäck hervorholte. „Jetzt ist mein Bauch so voll, dass ich nichts mehr hineinbringe." Er fegte die Reste von der Matte und streckte sich aus.

„Etwas Süßes geht bei mir immer." Julian brach sich ein Stück von dem Teig ab und schob es sich in den Mund, bevor er sich neben seinen Bruder legte. „Mach dich mal nicht so breit, Aidan."

Das einzig Süße, was bei mir jetzt noch ginge, bist du, dachte Aidan, als sich der junge Mann in seine Armbeuge kuschelte und verträumt in die Flammen starrte.

„Es ist herrlich mit dir." Julian drehte sich herum, gähnte herzhaft und streckte sich, um seinen Arm schließlich über Aidans Brustkorb fallen zu lassen. „Ich gehe nie wieder zu Mutter und Marianne zurück."

Aidan legte sich auf die Seite und zog Julians Kopf an seine Brust. Dieser schloss die Augen und war anscheinend dabei, einzuschlafen, während sich Aidan sein weiches Haar durch die Finger gleiten ließ. Es hatte viele Jahre gedauert, bis Aidan nicht mehr den toten Säugling im Arm seiner Mutter vor Augen sah, wenn er Julian anblickte. Jetzt hatte er das Bild tief in seinen Gehirnwindungen versteckt und es tatsächlich vergessen, dass der echte Julian Shevington tot war.

Eine lange Zeit betrachtete Aidan den Mann in seinen Armen, bis er sich sicher war, dass er schlief. Dann ließ er seine Hand über die Muskelstränge von Julians Rücken wandern, immer tiefer bis unter die Decke, wo er sie auf eine wohlgeformte Backe legte. *Oh Gott, Jul, du hast dich mit dem Teufel eingelassen.* Aidan spürte, wie die Erregung in ihm aufstieg, die er schon die ganze Zeit unterdrückt hatte.

Julian murmelte etwas Unverständliches, und seine Hand glitt ebenfalls zu Aidans nacktem Po. Dort verweilte sie die ganze Nacht und trieb Aidan beinahe in den Wahnsinn. Irgendwann fand er dann doch in den Schlaf.

Aidan blinzelte, als Julian im Morgengrauen vor die Hütte ging, um sich zu erleichtern. Er selbst war schon länger wach und hatte gerade vor aufzustehen und die Sachen zusammenzupacken, als Julian wieder hereinschlich und sich zu ihm unter die Decke kuschelte. Anscheinend nahm er an, er schliefe noch. Es kam Aidan auch nicht in den Sinn, seinen Bruder vom Gegenteil zu überzeugen, da er dessen Körper so dicht an seinem zu sehr genoss.

Aidan rutschte näher, und obwohl er merkte, dass sich Julian nur schlafend stellte, legte er sich auf ihn. *Seine Haut ist so weich und warm, sein Körper die absolute Sünde.* Vorsichtig knabberte er an der Halsbeuge, bis Julian ein Stöhnen entwich und er seine Arme um Aidan schlang. *Bitte, Jul, gebiete mir Einhalt, denn ich kann mich nicht mehr zurückhalten,* ging es Aidan verzweifelt durch den Kopf. Aber sein Bruder dachte nicht daran. Er hob die Hüften, um seine Erektion gegen Aidans Bauch zu drücken und drehte den Kopf, bis sich ihre Lippen berührten.

Ihr Kuss war voller Verzweiflung und unterdrückter Leidenschaft. Unkontrolliert brach es aus den beiden heraus, bis sich ihre Zungen stürmisch begegneten und sich ihr Atem im Mund des anderen verlor.

Sie sprachen nicht, kein Wort, sondern gaben sich mit geschlossenen Augen ihrer Lust hin. Aidan rutschte tiefer, erkundete mit den Lippen die sanften Wölbungen von Julians Brust und biss zärtlich in seine hervortretenden Nippel, bis sein Bruder unter ihm aufstöhnte. Dieser Laut drang tief in Aidans Lenden vor. Hart presste sich sein Penis in die Matratze, und seine Lippen fanden den Weg über den flachen Bauch bis zu Julians Schaft, der sich ihm bereits verlangend entgegenreckte. Ohne über mögliche Konsequenzen nachzudenken, umschloss er die samtene Spitze und stieß seine Zunge in den kleinen Spalt, aus dem ein salziger Tropfen perlte. Julian schmeckte fantastisch und er roch einzigartig gut zwischen den Beinen. Die Nase in den krausen Locken vergraben, nahm Aidan einen tiefen Atemzug, bevor er an dem geäderten Schaft entlangleckte und ihn wieder in seinem Mund versenkte.

Julians Finger krallten sich in sein Haar, um seinen Kopf noch tiefer zu drücken, bis der Jüngere in ihm explodierte und Aidan seinen eigenen Samen auf die Matratze entlud.

Herr im Himmel, was habe ich nur getan? Es war passiert, er hatte sich an Julian versündigt! Und diesmal konnte er es nicht auf den Alkohol schieben.

Schweigend ritten sie hintereinander nach Hause. Die Schuld lastete schwer auf Aidan, und es gab keine Ausrede für sein schändliches Verhalten, auch wenn er sich immer wieder vorhielt, dass es nur so weit gekommen war, weil er seit Henry kaum mehr Erfüllung bei einem anderen Mann gefunden hatte.

Der Ritt schien sich endlos zu dehnen, doch als Aidan am Horizont Shevington Manor erblickte, schnalzte er mit der Zunge und drückte die Schenkel in die Flanken des Pferdes, bis der Hengst schwer schnaubend und mit Schaum in den Nüstern vor dem Herrenhaus zu stehen kam.

Julian erreichte die Einfahrt nur wenige Augenblicke später. Sein blondes Haar war zerzaust, sein Hemd am Kragen geöffnet. *Wie gut er aussieht und wie sehr ich mich nach ihm verzehre, doch ich muss dem Ganzen hier und jetzt ein Ende bereiten,* sagte sich Aidan schweren Herzens. Er rief nach Wexcomb, aber der Diener öffnete bereits die Tür. „Lassen Sie die Sachen meines Bruders packen, er reist heute noch ab!"

„Was?!", rief Julian hinter ihm und sprang vom Pferd. „Warum?"

„Du weißt, weshalb", zischte Aidan so leise, dass es die Angestellten nicht mitbekamen. „Du fährst besser wieder zu Mutter, Jul. Ich bin kein guter Umgang für dich."

„Ich habe es genauso sehr gewollt wie du, Aidan. Ich bin schließlich kein Kind mehr und kann meine Entscheidungen selbst treffen!", rief Julian hinter ihm her, als sie das Herrenhaus betraten.

„Nicht in diesem Fall." Aidan hatte schon einmal den Fehler gemacht, sich auf einen anderen Mann einzulassen, und es war nur Unheil daraus entstanden. Ein Unheil, das seine ganze Familie ruinieren könnte. *Er ist mein kleiner Bruder, ich muss ihn davor bewahren.* Aidan atmete tief durch und drehte sich zu Julian um. „Du wirst fahren, und zwar sofort nach dem Essen!"

Julian zog seinen Bruder in dessen Arbeitszimmer und schloss die Tür hinter ihnen. Sein Blick bohrte sich tief in Aidan, aber dieser spürte, wie schwer es dem Jüngeren fiel, sich ihm zu offenbaren: „Ich weiß, wir sind Brüder, und es heißt, es sei abartig, aber ... Ich begehre dich, Aidan. Was wir beide erlebt haben ... Ich meine, noch nie in meinem Leben war ich mir sicherer, das Richtige zu tun."

„Ich ebenfalls", antwortete Aidan so kalt wie möglich, auch wenn es ihm dabei das Herz zerriss. Er konnte erkennen, wie sehr Julian unter seiner Zurückweisung litt.

Julians Augen sprühten Funken. „Verflucht seist du, Aidan, mit deiner hochmütigen Art!"

„Ich will dich nur schützen!", fuhr Aidan ihn an. *Bitte, mach es mir doch nicht so schwer, wo ich doch dasselbe für dich empfinde!* Er wollte Julian in seine Arme ziehen und diesen wundervollen Mund küssen, der jetzt nur mehr ein schmaler Strich war. „Und hör auf so zu schreien, Jul. Das Personal hat gute Ohren."

„Weißt du was?", blitzte Julian ihn mit vor der Brust verschränkten Armen an. „Du kannst ohne mich essen, es würde mir nur im Halse stecken bleiben. Ich fahre sofort!"

Aidan hielt ihn am Ärmel fest. „Lass uns nicht so auseinandergehen. Bitte, Jul!" Aber sein Bruder riss sich von ihm los, verließ ohne weitere Worte den Raum und knallte die Tür hinter sich zu.

Seufzend ließ sich Aidan in einen Sessel fallen und stützte den Kopf auf seine Hände. *Ich wollte doch nicht, dass es so kommt. Aber vielleicht ist es ja am besten.* Aidan machte sich schwere Vorwürfe, weil er es war, der seinen Bruder verführt und zu etwas gemacht hatte, was er selbst war.

Die Fahrt zurück nach London war für Julian furchtbar, obwohl er in der komfortablen Kutsche seines Bruders saß. Aidan und er hatten sich im Streit getrennt, das heißt, eigentlich hatte nur er, Jul, sich mit ihm gestritten, Aidan war wie immer so ruhig und sachlich wie möglich geblieben. Julian konnte erst nicht verstehen, was in seinen Bruder gefahren war.

Dafür verstand er jetzt sich selbst ein wenig besser. Endlich wusste er, warum er sich nicht für Frauen interessierte. *Oh, Aidan, du hast mir die Augen geöffnet ... aber dafür hast du mein Herz zerfetzt.* Ein unvorstellbar großer Druck lag auf seinem Brustkorb, der ihm die Luft zum Atmen nahm. *Auch wenn ich es mir nur schwer eingestehen kann, aber Aidan hat recht. Unsere Liebe hat keine Zukunft. Wir sind Geschwister, wir sind Männer ... sollte jemand von unseren Zärtlichkeiten erfahren ... oh, Aidan, unser Leben wäre für immer ruiniert!* Langsam drängte sich eine Erkenntnis an die Oberfläche seines Bewusstseins, die ihm zwar nicht gefiel, die aber für alle das Beste war: *Aidan hat richtig gehandelt. Wir dürfen uns nicht mehr sehen, es ist zu gefährlich.*

Als er nach langen, ungemütlichen Stunden das Stadthaus seiner Mutter betrat, kam sie in der Eingangshalle schon aufgeregt auf ihn zugelaufen, Marianne im Schlepptau. „Ach, Junge, wie konntest du uns verlassen, ohne dich von uns zu verabschieden? Habe ich das verdient, Julian?" In ihren blauen Augen spiegelten sich Sorge und Entrüstung wider.

„Ich habe dir einen Brief dagelassen, Mutter", sagte er müde, worauf er sich an ihrem bauschigen Kleid vorbeidrücken wollte. Er hatte die Nacht in einem Gasthaus schlafen müssen, da er erst spät von Aidan aufgebrochen war. Mehrere Stunden hatte er bei Ellen – die dachte, sie hätten einen geschwisterlichen Zwist gehabt – in der Küche gesessen. Jul hatte vor sich hingebrütet und sich Worte zurechtgelegt, damit es sich Aidan vielleicht noch einmal überlegte. Als er sich für seinen Zornausbruch entschuldigen wollte, konnte er seinen Bruder jedoch nicht finden. Wexcomb hatte ihm mitgeteilt, dass der Lord ausgeritten war und nicht wusste, wann er zurück sein werde.

Wenigstens in einer Sache sind wir uns ähnlich, hatte Jul gedacht, als er weggefahren war. *Wir laufen beide vor unseren Problemen davon.*

Jetzt wollte er nur noch in sein Bett fallen und an nichts mehr denken. Marianne stellte sich ihm jedoch in den Weg und funkelte ihn an: „Du schuldest uns eine Erklärung!"

Seine Schwester tanzte, genau wie er, aus der Reihe, was das Aussehen betraf. Während Aidan ganz nach Lady Cathérine kam, mit seinem rabenschwarzen Haar und den stechendblauen Augen, war Marianne das Ebenbild ihres Vaters, die dessen braunes Haar und die dunklen Augen geerbt hatte, nur weiblicher, natürlich. Unter seinen Freunden galt sie als Schönheit, und Jul war sich sicher, dass sie sich vor Heiratsanträgen kaum retten konnte, aber Mutter hatte sich wahrscheinlich noch nicht entschieden, wer denn nun für ihre einzige Tochter infrage kam.

Er selbst, mit seinem blonden Haar und den grünen Augen, ähnelte wohl eher dem Großvater, den er leider nie gekannt hatte, aber dessen Gemälde im Esszimmer hing. *Ich wünschte, er wäre nicht so früh gestorben. Er soll ein wahrer Abenteurer gewesen und zur See gefahren sein.* Irgendwie kam Jul sich hier fehl am Platz vor – eingesperrt mit diesen zwei Furien. Bei seinem großen Bruder hatte er sich endlich frei gefühlt, aber was sollte er jetzt machen? Zurück konnte er nicht, aber hier wollte er auch nicht länger bleiben.

„Wenn Aidan mir nicht deine Ankunft bestätigt hätte, wäre ich vor Sorge um dich gestorben." Theatralisch wedelte Lady Cathérine mit ihrem Fächer und gab dabei kleine Seufzer von sich. Marianne sah ihn weiterhin vorwurfsvoll an.

„Nur gut, dass mein Bruder so gewissenhaft ist", sagte Jul. Es klang sarkastischer, als er beabsichtigt hatte. „Entschuldigt mich, Mutter, Mary, ich bin erschöpft von der Reise." Trotz ihrer Proteste verzog er sich auf sein Zimmer und schlief ein paar Stunden, aber am frühen Nachmittag wälzte er sich unruhig im Bett hin und her, weil er immerzu an Aidan denken musste, der ihn in der Hütte so leidenschaftlich geliebt hatte. Es brachte Julian schier um, solche Gefühle für seinen Bruder zu haben. Und es gab niemanden, mit dem er darüber reden konnte. *Ich muss hier raus, sonst werde ich noch verrückt!*

Kurze Zeit später lief er ziellos durch Londons Stadtviertel Mayfair. Er wollte einfach seinen Gedanken nachhängen. Seine Freunde träfe er jetzt sicher in einem der Herrenklubs, am ehesten bei White's in der St James Street, aber ihm stand nicht der Sinn nach Vergnügen. Er hatte in den letzten Monaten schon genug Geld bei lächerlichen Wetten verloren und in den Spielsälen gelassen. Dieses Lotterleben stellte ihn einfach nicht zufrieden. Er wünschte sich ebenfalls eine Aufgabe, so wie Aidan eine hatte, weil er das Vermögen und Shevington Manor verwaltete. Jul kam sich so nutzlos vor. *Vielleicht sollte ich wieder auf die Universität gehen*, überlegte er. *Oder einen Job erlernen … Nein, das gehört sich ja nicht für Leute von Stand.*

Unbewusst steuerte er auf einen weniger noblen Stadtteil zu und sah erst auf, als er Trommelklänge und eine lustige Melodie vernahm, die der Wind durch die Gassen trug. Er folgte den fremden Tönen, bis er auf eine Gruppe musizierender Zigeuner traf, die mitten auf der Straße ein paar Schaulustige unterhielten. Frauen in bunten Röcken, mit Glöckchen an den Füßen, sprangen im Kreis, sangen in einer Sprache, die er nicht verstand und trommelten auf dem Tamborin, während Männer in weiten Hosen und mit nackten Oberkörpern auf den verschiedensten Instrumenten spielten.

Besonders ein junger Mann zog Julians Aufmerksamkeit auf sich: Er hatte dasselbe rabenschwarze Haar wie sein Bruder, nur war er vielleicht erst neunzehn Jahre alt. Er ging auf den Händen, schlug ein Rad oder vollführte noch viel kompliziertere Sprünge, bis er vor Jul zu stehen kam. Schweiß glänzte auf seinem gebräunten Oberkörper, und er war leicht außer Atem, als er in gebrochenem Englisch fragte: „Wieso schaut Ihr so traurig, gefällt Euch unsere Vorstellung nicht, edler Herr?“ Der Zigeuner lächelte ihn aufmunternd an und hielt ihm ein Körbchen unter die Nase, in das Jul zwei Geldstücke warf.

„Ihr seid toll, mir ist heute nur nicht nach Lachen zumute“, antwortete Julian ehrlich.

Der junge Mann wich nicht von seiner Seite. Seine dunklen Augen musterten Julian eingehend. „Wie kann ich Euch aufmuntern, Sir?“ Er zwinkerte, worauf es Jul ganz heiß wurde.

„Indem du nicht immer *Sir* sagst. Ich bin Julian.“ Er wusste nicht, was in ihn gefahren war, aber er streckte dem Unbekannten tatsächlich die Hand hin.

Dieser ergriff sie ohne zu zögern. „Mein Name ist Darius.“ Sie berührten sich einen Moment länger, als es schicklich war, und Julian spürte, wie ein Kribbeln durch seinen Körper fuhr. Sofort zog er die Hand zurück, so, als hätte er sich verbrannt.

Darius grinste, wobei eine Zahnlücke sichtbar wurde, die ihn richtig frech aussehen ließ. *Halte dich von solchen Leuten fern, mein Junge!*, schwirrte Mutters Stimme durch seinen Kopf. *Sie sind schmutzig und übertragen eine Menge Krankheiten. Außerdem bestehlen sie dich bei jeder Gelegenheit.*

Plötzlich gellten schrille Pfiffe durch die Gassen. „Die Ordnungshüter!", rief Darius. „Komm mit!" Der junge Mann ergriff abermals seine Hand, um Julian fortzuziehen.

„Wohin denn?"

„Zum Stadtrand, dort haben wir unser Lager aufgeschlagen."

Ich muss verrückt sein, dachte sich Jul, als er mit Darius davonlief. *Vielleicht will er mich ausrauben? Und danach bringt er mich um.*

Julian rannte mit Darius durch Straßen, von denen er nicht mal ahnte, dass sie existierten, bis er nicht mehr wusste, wo er sich befand. Sie hatten sich längst von den anderen Zigeunern getrennt, und von den Ordnungshütern war nichts mehr zu hören. Dennoch zog Darius ihn in einen düsteren Hauseingang und drückte sich hinter der halb geöffneten Tür gegen ihn.

„Sie sind doch weg?", flüsterte Jul, dem die Nähe des jungen Mannes nur allzu bewusst war.

„Das weiß man nie." Darius' Gesicht befand sich nur wenige Zentimeter vor dem seinen. Da sie in etwa dieselbe Größe hatten, konnten sie sich direkt in die Augen blicken. Darius roch exotisch, aber nicht unangenehm. Julian fühlte sich plötzlich sehr zu ihm hingezogen, obwohl er immer nur Aidan vor Augen sah. *Aber das hier ist nicht mein Bruder*, wusste Jul. *Dieser Mann hat nur keine Scheu vor Körperkontakt. Das scheint bei seinem Volk* ... Plötzlich schoben sich Darius' Hände unter Juls Weste und sein Atem stockte. *Er will mich nur bestehlen*, redete er sich ein, aber die dunklen Augen, die immer näher kamen, sagten ihm etwas anderes. So ähnlich hatte Aidan ihn am See auch betrachtet.

„Ich habe sofort gewusst, dass du wie ich bist", flüsterte Darius, wobei seine Zunge sanft über Julians Ohrläppchen leckte.

„Woran hast du das erkannt?" Atemlos presste sich Julian gegen die kühle Hauswand, aber Darius drückte sich noch fester gegen ihn. Jul konnte dessen Erregung an seiner spüren, und die saugenden Lippen an seinem Ohr entlockten Jul ein Keuchen.

„Es steht dir ins Gesicht geschrieben", hauchte der Zigeuner, bevor er Jul küsste.

Julian wusste nicht, was er tun sollte. Er war verwirrt und schockiert über diese Aussage, aber die zärtlichen Berührungen ließen ihn nicht kalt. Hier war ein Mann, der genauso fühlte wie er. Diese Chance sollte er ergreifen ... oder lieber nicht? Liebe zwischen Männern war strafbar! Darauf stand Gefängnis oder im schlimmsten Fall sogar die Todesstrafe!

Wenn Aidan mich nicht will, ist er selbst schuld, machte er sich Mut. Aidan war sein Bruder, Jul konnte ihn sowieso niemals haben, und die Sache zwischen Darius und ihm musste, nein – *durfte* niemand erfahren. Aber seine Neugier war größer als die Angst. Julian fuhr mit den Fingern in das dicke Haar des jungen Mannes und erwiderte den Kuss vorsichtig. *Er schmeckt nicht so gut wie Aidan, aber er kann mindestens genauso gut küssen!* Darius' heißer Atem drang in seinen Mund, was bei Jul ein Kribbeln durch den ganzen Körper schickte. Seine Hände glitten an dem nackten Rücken des Zigeuners hinab, streichelten die weiche Haut und fuhren dann tiefer, um die festen Pobacken zu kneten.

Darius stöhnte in seinen Mund. „Langsam, edler Herr, ich möchte nicht, dass es schon zu Ende ist." Er wich leicht von Jul zurück, ohne ihn loszulassen. Durch das teure Hemd streichelte er dessen Brustwarzen.

„Sieht man es mir tatsächlich so deutlich an?", fragte Jul mit wild pochendem Herzen und leckte sich über die Lippen. Er wollte mehr von diesen feurigen Zigeunerküssen.

Darius grinste. „Nein, mal im Ernst, ich habe den sechsten Sinn, genau wie meine Großmutter. Ich hab es einfach gewusst, als ich dich ansah. Keine Angst, niemand sonst wird es bemerken und ich werde dich auch nicht verraten."

Erleichtert atmete Julian aus, doch sofort holte er scharf Luft, als Darius an seiner Hose zog. „Was tust du?"

„Ich möchte dir Lust verschaffen, junger Herr."

„Darius, wenn jemand kommt!" Sie waren gerade erst den Ordnungshütern entkommen. Wenn sie ihn in dieser Situation vorfänden ...

„Das Haus ist leer, wir sind hier ungestört. Vertrau auf meinen sechsten Sinn", grinste Darius.

Erst jetzt nahm Julian seine Umgebung wahr. Das Haus, in

dem sie standen, wirkte tatsächlich unbewohnt. Der Boden war staubig; in den Ecken, in denen bereits der Putz abbröselte, hingen dicke Spinnweben.

„Ist diese Art der Liebe bei deinem Volk erlaubt?“ Julian war kaum fähig zu sprechen, als der junge Mann zwischen seinen Beinen kniete und die pulsierende Härte aus seiner Hose befreite. Sie befand sich direkt vor Darius' Lippen.

„Meine Leute würden mich umbringen, wenn sie davon wüssten. Deswegen darf ich keinen von ihnen lieben.“

In diesem Moment erkannte Julian, dass Darius ebenso einsam war und sich nach Zuneigung sehnte wie er. *Aber du bist nicht der Richtige,* dachte Jul traurig. *Ich habe mein Herz schon verschenkt.* Er wollte ehrlich sein, damit er diesem Burschen nicht ebenfalls das Herz brach, so wie Aidan seines gebrochen hatte. „Ich liebe einen anderen, Darius.“

„Ich weiß“, sagte dieser nur, bevor der Schaft in seinem Mund verschwand.

„Hier entlang!“, rief Darius und winkte. Julian hatte keine Ahnung, wie lange er schon hinter dem Zigeuner herlief, aber seine Füße taten ihm bereits weh. Er wünschte sich, die teuren Schuhe abzustreifen, um ebenfalls barfuß durch die Gassen zu gehen. *Warum mache ich es nicht einfach?,* überlegte er und setzte sein Vorhaben in die Tat um. *Ah, was für eine Wohltat!*

Mit den Schuhen in der Hand bog er um ein Gebäude und erblickte ein weites Feld am Rande der Stadt, auf dem die Zigeuner ihr Lager aufgeschlagen hatten. *Ob man uns ansieht, was wir gerade gemacht haben?* Julian konnte es immer noch nicht glauben, dass ihn dieser Mann, den er gerade erst kennengelernt hatte, mit dem Mund verwöhnt hatte. Darius hatte dabei keine Erfüllung gefunden, aber verschmitzt lächelnd gemeint: „Das nächste Mal bin ich dran.“

„Hier lebst du also?“, stellte Jul mehr fest, als dass er fragte.

„Ja, aber nur noch für ein paar Wochen, dann ziehen wir weiter.“

Darius musste es ihm nicht sagen, aber Jul wusste, dass er sich bald jemand anderen suchen würde, den er verführen konnte. *Das könnte ich nicht,* dachte Julian. *Ich möchte nur noch zu Aidan, um für immer in seinen Armen zu liegen.* Aber das war unmöglich, wie er wusste. Also ging er mit Darius.

Holzplanwagen waren wie ein schützender Ring um das Lager gestellt worden, in dessen Mitte ein munteres Feuer brannte. Die vertriebenen Musikanten waren schon da und sprangen um die Flammen, um die Alte und Kinder saßen.

Es war eine völlig andere Welt, in die Julian da hineinbugsiert wurde. Er verstand nicht, was diese Leute sprachen, doch er fühlte, dass sie mit ihrem einfachen Leben glücklich waren. Hier wurde viel gelacht und gesungen, und jeder schien sich in dieser bunten Gesellschaft um eine andere Aufgabe zu kümmern. *Sie wissen ihr hart verdientes Geld zu schätzen,* dachte Julian. „Betteln" würde es Lady Cathérine nennen.

Als die Zigeuner Julian bemerkten, erntete er von den Älteren düstere Blicke, während ihn die Kleinen neugierig musterten. Ein etwa vierjähriges Mädchen mit einem dicken schwarzen Zopf und mandelbraunen Augen kam auf Julian zu und schenkte ihm eine Kette aus Gänseblümchen.

„Das ist meine Schwester Najla", erklärte ihm Darius, als der Zigeuner die Kleine auf den Arm nahm. „Sie mag dich."

„Hallo, Najla", sagte Jul.

„Sie versteht dich nicht." Darius grinste ihn an, worauf Jul auch lächeln musste.

„Komm mit, ich stelle dich meiner Großmutter Rafi vor. Wenn sie dich ebenfalls mag, bist du hier willkommen."

Sie betraten einen Wagen, der innen ebenso bunt bemalt war wie außen. Orientalische Symbole, Monde und Sterne zierten die Wände, und inmitten der farbenprächtigen Einrichtung hockte eine alte Frau, die aussah, als wäre sie schon hundert Jahre alt. Sie besaß verwitterte Gesichtszüge, schneeweißes Haar sowie einen krummen Rücken, und als Darius ihre Hand in die seine nahm, lächelte Rafi zahnlos.

Darius griff nach Julians Hand, um sie ebenfalls der Großmutter zu reichen. „Das ist mein Freund Julian", sagte der Zigeuner sehr laut, und Jul flüsterte er zu: „Sie ist schon lange blind und fast taub."

Rafi befühlte Julians Finger, bis ein Lächeln über ihre eingefallenen Lippen glitt. Ihre milchigen Augen schienen über Julian zu gleiten, und sie murmelte etwas in ihrer Sprache, das er natürlich nicht verstand.

„Sie hat dich akzeptiert", grinste Darius. Er schien sehr erleichtert zu sein.

Gemeinsam mit der alten Frau tranken sie einen würzigen Tee, und Darius plauderte ein wenig mit ihr, bevor die beiden jungen Männer den Wagen wieder verließen und in den grellen Sonnenschein traten.

Julian spürte immer noch die eindringlichen Blicke auf sich, als sie durch die Menschen schritten. Er hätte Angst haben müssen unter all den Leuten mit den fremdländischen Gesichtern, aber er fühlte sich plötzlich seltsam frei.

„Weiß deine Großmutter von deiner ... Andersartigkeit?", flüsterte Jul.

„Möglich, aber sie sagt nur, ich wäre etwas Besonderes. Sie hat mich vieles gelehrt, auch Wahrsagen und Kartenlegen. Ich denke, das hätte sie nicht getan, wenn sie mich nicht wollte."

„Kannst du mir auch die Zukunft vorhersagen?" Julian glaubte eigentlich nicht an solchen Humbug, aber jetzt war er doch neugierig, schließlich hatte Darius ein sehr sensibles Gespür für seine Umwelt.

„Klar, komm mit, dann werde ich dir aus der Hand lesen."

Vielleicht sollte ich mit ihnen ziehen, überlegte Julian ernsthaft, als er in Darius' Holzplanwagen stieg, der wesentlich einfacher eingerichtet war als der von Großmutter Rafi. *Mein versnobtes Leben macht mir keinen Spaß. Und vielleicht könnte ich so Aidan vergessen.* Aber Jul brauchte sich nichts vormachen. *Er ist mein Bruder. Ich könnte ihn niemals aus meinem Gedächtnis streichen.*

Julian saß mit Darius in dessen düsterem Wohnwagen auf einem Kissen am Boden. Der Eingang war mit einem Tuch verhängt, und vor ihnen, auf einem Tischchen, flackerte eine Kerze. Julian hielt ihm seine Hand entgegen, die Darius hin und her drehte und interessiert betrachtete. Darius' langer Zeigefinger glitt über Julians Daumenballen und entlockte dem Zigeuner ein Murmeln, das Jul nicht verstand. Der junge Mann war ganz in sich vertieft.

„Was siehst du?", flüsterte Julian.

Ohne zu ihm aufzublicken, sagte Darius: „Deine Lebenslinie ist lang und kräftig. Du hast eine gute Gesundheit."

„Puh, das erleichtert mich ungemein. Vater ist an Lungenentzündung gestorben." Julian hielt das alles für ein albernes Spiel, doch Darius schien ganz bei der Sache zu sein.

„Aber der Abstand zwischen Kopf und Lebenslinie ist groß." Der Zigeuner hielt Juls Hand noch näher an die Flamme, wobei er die Stirn runzelte.

„Was bedeutet das?" Julians Herz klopfte schneller.

Darius sah ihn mit zusammengekniffenen Augen an. „Du handelst oft vorschnell."

„Ja, da kannst du recht haben", grinste er erleichtert. „Hast du ja heute selbst erlebt. Ich bin einfach so mit dir gegangen, obwohl ich dich überhaupt nicht kenne."

„Und deswegen hast du schon einige meiner Fertigkeiten kennengelernt", lachte Darius.

Julian spürte, wie seine Wangen heiß wurden. „Los, was siehst du noch? Wie sieht es mit der Liebe aus?"

„Ja, das interessiert alle immer am meisten. Moment, ich schau mal nach." Er beugte sich tief über Juls Hand und fuhr eine weitere Spur nach. „Deine Herzlinie ist sehr lang."

„Also, viel Glück in der Liebe?", hoffte Julian.

„Nein, die Herzlinie sagt nichts über die Liebe aus. Bei dir steht: Du lässt dich von deinen Gefühlen lenken."

„Darius, ich glaube dir nicht!" Jul kicherte und wollte ihm die Hand wegziehen, aber der junge Mann hielt sie eisern fest. „Das hast du dir doch zusammenreimen können."

Der Zigeuner sah ihn finster an, aber Julian merkte, dass es nur gespielt war „Du bist ungläubig, mein Herr."

„Kannst du das auch aus meiner Hand lesen?"

„Nein, das weiß ich auch so."

„Wo steht denn jetzt was über die Liebe?", drängelte Julian. Er wollte wissen, ob er doch noch Chancen bei Aidan hatte. Also verdrängte er den Gedanken, dass Aidan sein Bruder war.

Darius zeigte ihm die Vertiefung, die vom Handballen in Richtung Mittelfinger führte. „Das steht auf der Schicksalslinie. Siehst du, sie ist bei dir unterbrochen."

„Das ist kein gutes Zeichen, oder?"

„Ich weiß es nicht, aber es bedeutet, dass die Liebe dein gesamtes Leben verändern wird."

„Zum Positiven oder zum Negativen?"

„Das kann ich hier nicht sehen."

„Das ist aber eine sehr schwammige Aussage", beschwerte sich Jul. „Von so einem Fachmann wie dir hätte ich mehr erwartet."

Darius ließ sich nicht herausbringen. „Aber da ist noch etwas, Julian."

„Was ist? Was siehst du?" Auch wenn er dem Zigeuner noch immer nicht ganz glaubte, raste nun sein Herz. An Darius' Gesichtsausdruck erkannte Jul, dass er wohl etwas Gravierendes entdeckt hatte.

Mit ernstem Blick sah der Zigeuner zu ihm auf und flüsterte: „Du wirst bald eine Nachricht bekommen, die eine erschütternde Wahrheit ans Licht bringt."

Aidan war schnell wie der Teufel nach Colchester unterwegs. Das war die nächste große Stadt, die er in einer Stunde mit dem Pferd erreichen konnte, doch heute schaffte er den Weg in der halben Zeit. Der Abend war bereits hereingebrochen, als er am Horizont die Dächer erblickte, die die untergehende Sonne glutrot einfärbte. Aidan zügelte sein schnaubendes Pferd, um die letzte Strecke gemütlich zu traben, damit er und das Tier sich abkühlen konnten. Eine Woche war Julian nun fort, aber Aidan bekam seinen Bruder einfach nicht aus dem Kopf. Da kam es ihm gelegen, dass er sich geschäftlich mit seinem Vermögensverwalter in Colchester treffen musste, denn die Stadt war auch bekannt für gewisse andere Dienstleistungen, die Aidan heute auf jeden Fall in Anspruch nehmen wollte.

Nachdem er sich mit einem Mr Sandyford in dem Gasthaus „Zur goldenen Rose" getroffen hatte, wo Aidan auch gleich ein Zimmer mietete, und das Geschäftliche erledigt hatte, zog er sich um. Jetzt sah er aus wie ein gewöhnlicher Bürger. Nur die wenigsten kannten ihn in Colchester, was ihm sehr gelegen kam, als er im Schutze der Dunkelheit über die High Street schritt. Moderne Gaslaternen warfen ihr mattes Licht auf seine Gestalt, die er unter einem Kapuzencape versteckt hielt, und projizierten seinen Schatten auf die viktorianischen Gebäude und mittelalterlichen Fachwerkhäuser. Darunter trug Aidan nur ein einfaches, verwaschenes Leinenhemd und dunkle Hosen. Heute Nacht war er kein Adliger, nur ein Mann auf der Suche nach schneller Befriedigung. Und Aidan wusste, wo er sie bekam: im dänischen Viertel, denn er war schon einmal dort gewesen. Viele Einwanderer besserten sich so ihr geringes Gehalt auf, obwohl die meisten nicht einmal dieselbe Neigung verspürten wie Aidan. Aber er musste seinen Druck loswerden, auch wenn er sich dabei schäbig vorkam, doch er sah keine andere Möglichkeit. Bei Julian war er nicht richtig zum Zug gekommen, deshalb hoffte er hier auf Erlösung.

Als er die beleuchteten Straßen verließ und in schäbigere Gassen einbog, wurde es ihm etwas mulmig zumute. Unter seinem langen Mantel hielt er ein Messer fest umklammert, da Überfälle hier an der Tagesordnung waren; oft kamen die Opfer nicht mehr lebend davon.

Er sah die dunklen Gestalten, die schemenhaft an den Hauswänden lehnten oder an Eingängen und Ecken standen, darauf wartend, ihre Körper zu verkaufen. Hier arbeiteten nur Männer, und Aidan wusste, dass die Gewaltbereitschaft unter ihnen größer war als bei den Huren. Er musste vorsichtig sein.

Aus den Augenwinkeln heraus musterte er sie. Hier waren wirklich alle Altersklassen vertreten: von Knaben bis zu Greisen, aber Aidan wollte weder ein Kind noch einen alten Mann. Alleine die Vorstellung daran verursachte ihm Magenschmerzen. Er brauchte jemanden wie Julian, einen Mann mit einer schlanken Gestalt und hellem Haar.

Dennoch ging er auf einen braungelockten Jungen zu, der kaum älter als zehn zu sein schien. Große Augen blickten ihm aus einem rußverschmierten Gesicht entgegen. Solche Kinder wurden gerne von Schornsteinfegern eingestellt, um in die Schlote zu klettern. Es war eine unzumutbare Arbeit. Viele Kinder starben dabei, weil sie sich schwer verbrannten oder am Rauch erstickten.

„Sir?“, piepste der Junge. Er hatte sichtlich Angst vor Aidan. Wahrscheinlich hatten ihn sogar seine Eltern hierher geschickt.

Eine unvorstellbare Wut nahm von Aidan Besitz. Er mochte sich nicht vorstellen, wie das Leben dieses Kindes aussah, und er dankte Gott dafür, dass es ihm selbst gut ging. Aidan drückte ihm schnell ein paar schillernde Münzen in die vernarbten Hände, aber so, dass es von den Umstehenden niemand mitbekam, bevor er flüsterte: „Los, geh nach Hause, Junge."

Der Kleine starrte ihn nur mit offenem Mund an. „Ich mache es nicht zu Hause, Sir, aber gleich hier um die Eck..."

Aidan schüttelte den Kopf und zischte: „Ich möchte, dass du nie wieder hierher kommst, verstanden!"

Erst jetzt sah sich der Junge die Münzen in seiner Hand genauer an. Eine davon war aus Gold. „Aber ..."

„Nun geh schon!"

Und endlich lief er davon und verschmolz mit der Dunkelheit.

Als Aidan plötzlich etwas an der Schulter berührte, wirbelte er herum, bereit, mit seinem Messer zuzustechen.

„Ihr habt spezielle Wünsche? Ich kann sie Euch alle erfüllen." Ein junger Mann, nur ein paar Jahre älter als der Knabe, lächelte ihn schief an, wich aber einen Schritt zurück, als er das glänzende Metall in Aidans Hand erkannte.

„Nein, äh, ich suche nur nach dem Weg", log Aidan, dem es ganz schlecht wurde, als er den üblen Atem des Burschen roch. Aber er steckte das Messer wieder weg.

„Aye, natürlich", grinste dieser. „Wenn Ihr es Euch überlegt habt, ich stehe da vorne." Er deutete auf ein baufälliges Haus, bevor er sich in diese Richtung davonmachte.

Aidan schlug mit heftig pochendem Herzen die entgegengesetzte Seite ein. *Ich sollte überhaupt nicht hier sein,* dachte er, aber er vermisste Julian unendlich. Er brauchte einen Körper, in den er sich auf der Stelle versenken konnte, um seine angestaute Lust loszuwerden, die ihn am Denken hinderte. Auf der Suche nach einem einigermaßen gepflegten Mann in seinem Alter schlenderte er die Straße hinunter, bis ihm ein blonder, großer Kerl auffiel, der lässig an einer Mauer lehnte, die Hände in den Hosentaschen, und ihm unauffällig zunickte.

Aidan nickte zurück. Er ließ den Mann vorangehen und folgte ihm in einigem Abstand. Der Fremde betrat ein Gebäude durch eine Hintertür, und Aidan erkannte, dass es ein Varieté sein musste. Laute Musik und Gesang, den er schon auf der Straße gehört hatte, drangen an sein Ohr. Er konnte sich lebhaft vorstellen, dass die Vorderseite des Gebäudes mit bunten Lichtern geschmückt war und Schausteller die Passanten nach innen lockten, indem sie etwas von ihrem Können zeigten. Tatsächlich erhaschte Aidan einen kurzen Blick auf die Bühne: Frauen in engen, kurzen Gewändern saßen wie Kanarienvögel auf schwebenden Stangen, die wie Schaukeln von der Decke hingen, vollführten Drehungen und sangen dazu, während das Publikum begeistert johlte.

Im schwachen Licht des engen Flures erkannte Aidan, dass der Mann, dem er folgte, wohl zu dieser Truppe gehörte, denn er führte Aidan auf ein Zimmer, in dem farbenprächtige Kostüme, Masken und allerlei Firlefanz herumlagen. Die Musik drang gedämpft, aber immer noch sehr laut bis in diesen Raum, den der Schausteller nun hinter ihnen abschloss.

„Ich bin Klaas", sagte der Mann und strich sich eine blonde Locke aus der Stirn. Er hatte eine angenehme Stimme mit einem holländischen Akzent. Ohne dass Aidan ihn dazu aufgefordert hatte, legte er seine Kleidung ab, bis er nackt vor einem schmalen Bett stand. Seine athletische, schlanke Figur war sehr ansprechend und wirkte im Schein einer einsamen Kerze wie gemeißelt. Zudem sah er gesund aus. Auch schien er noch alle Zähne im Mund zu haben, denn als er lächelte, blitzte es hell auf. „Du nicht oft bezahlen für Liebe?"

Aidan schüttelte den Kopf, wobei er sich wie ein Idiot vorkam, weil er ihn einfach so anstarrte. *Was mache ich überhaupt hier?*, fragte er sich abermals.

Klaas kam auf ihn zu, um ihm den Umhang abzustreifen. Als er in Aidans Gesicht blickte, sah dieser sofort zu Boden. Er hatte Angst, dass der andere ihn erkannte, was natürlich lächerlich war.

„Jetzt ich weiß, warum du nicht oft bezahlst für Liebe. Du bist ein sehr schöner Mann. Du hast so etwas nicht nötig."

Natürlich hatte Aidan von den geheimen Klubs und Hinterzimmern in London gehört, wo sich Männer seiner Art unverbindlich treffen konnten, doch er hatte das Angebot kein einziges Mal genutzt. Die Gefahr, dass seine Neigung an die Öffentlichkeit kam, war einfach zu groß. *Der Viscount, ein Sodomit!*, hörte er den *ton* schon tratschen, sollte es jemals bekannt werden. Nein, das Risiko ging er nicht ein. Er zöge nur seine ganze Familie in den Dreck. *Marianne würde nie eine gute Partie machen, und Jul ... Jul, du fehlst mir so sehr,* dachte Aidan traurig. Auf Sodomie stand zwar nicht mehr unbedingt die Todesstrafe, aber mit sehr hoher Wahrscheinlichkeit würde er seinen Titel verlieren und in der Irrenanstalt oder im Gefängnis landen. *Außerdem sind wir Geschwister! Es ist ja nicht nur so, dass ich für Jul immer schon mehr als brüderliche Gefühle gehegt habe – nein, da ist etwas zwischen uns, eine ganz besondere Anziehungskraft, die ich mir einfach nicht erklären kann. Das macht es aber noch schwerer, ihm zu widerstehen.*

Klaas schien zu bemerken, dass Aidan nicht ganz bei der Sache war, denn als der Schausteller über seine Brust streichelte, zuckte Aidan zurück. „Keine Angst, ich mache nur das, was dir gefällt", sagte der blonde Mann.

Er hat nicht so schöne grüne Augen wie Jul, durchfuhr es Aidan, bevor er sagte: „Ich sollte gehen."

„Ich kann dich auf andere Gedanken bringen", meinte Klaas. Wie zur Bestätigung knöpfte er Aidans Hose auf und fuhr mit der Hand hinein.

Aidan stöhnte, weil der Holländer sein leicht geschwollenes Glied umfasste und mit den Fingerspitzen die Hoden streichelte. „Siehst du, ist doch nicht so schwer."

Als Aidan an seinem Gegenüber hinabsah und bemerkte, dass Klaas weniger erregt schien, drückte ihn Aidan sanft von sich. „Du willst es doch überhaupt nicht."

Klaas blickte auf seine nackten Zehen, die versuchten, sich in den abgetretenen Holzboden zu bohren. Dabei fielen die blonden Locken vor seine Augen. „Ich brauche das Geld. Ich habe eine Familie zu ernähren."

„Du hast Kinder? Eine Frau?" Sofort wich Aidan einen Schritt zurück, wobei er die Hose schloss. Er holte ein paar Münzen aus seiner Börse, legte sie auf einen wackeligen Tisch und verließ fluchtartig den Raum. Er hörte erst wieder auf zu laufen, als er das Gasthaus erreichte, in dem er sich zuvor ein Zimmer gemietet hatte. Dort schloss er sich ein, zog sich aus und vergrub sich bäuchlings im Bett, die Decke bis über den Kopf gezogen. Irgendwie fühlte er sich schlecht, so, als hätte er Julian betrogen, obwohl Aidan wusste, dass sie nie ein Verhältnis hatten und auch nie eins haben würden. Er drückte das Gesicht in das weiche Kissen und war froh, dass die Dunkelheit ihn schützend umgab und niemand ihn jetzt sehen konnte. Er fühlte sich unendlich alleine. Immer konnte er nur an Julian denken, an sein spitzbübisches Grinsen, die weiche Haut und seine schöne Gestalt. *Du fehlst mir so!* Aidan versuchte sich Julians Geruch ins Gedächtnis zu rufen und dessen Haar, das wie Seide durch seine Finger geglitten war.

Ich verliere noch den Verstand, dachte Aidan, als er den Kopf fester in das Kissen presste, um seine lustvollen Laute zu unterdrücken. *Ich bin verflucht.*

Mit gekonnten Bewegungen rieb er sich über seine Erektion, bis der Höhepunkt kam. Aber der ließ ihn noch leerer zurück, als er sich zuvor schon gefühlt hatte.

Als Aidan aus der Reisekutsche stieg und die Treppen zum Haus seiner Mutter hinaufschritt, zog sich der Knoten um seinen Magen noch enger. Er wäre niemals nach London gekommen, wenn es sich nicht um einen Notfall gehandelt hätte. Prince hatte er schweren Herzens bei Ellen gelassen, da der Stadtlärm und die vielen Menschen den Hund sicher nur verstörten. Außerdem brauchte er täglich seinen Auslauf, wofür der Sohn des Stallknechts sorgen würde, der sowieso in den Retriever vernarrt war.

Seine Schwester Marianne hatte Aidan einen Brief geschrieben, in dem stand, dass Lady Cathérine schwer erkrankt war und vielleicht nicht mehr lange zu leben hatte. *Vater ist an Lungenentzündung gestorben, und jetzt hat es Mutter auch erwischt. Aber sie ist so stark, sie wird es überstehen ... Sie muss es überstehen!*

Aidans Herz setzte einen Schlag aus, als ein Diener die Tür öffnete und ihn in das schmucke Haus hereinließ, in dem er viele Jahre gelebt hatte. *Gott sei Dank, es ist nicht Henry!* Wenn er Glück hatte, arbeitete Henry Payne nicht mehr bei Lady Cathérine, aber darauf durfte Aidan nicht hoffen. Henry war Mutters engster Vertrauter, sie würde ihn niemals entlassen. *Wenn du wüsstest, was für ein Mensch er ist, Mutter, dann wärest du zutiefst entsetzt.*

Aidan kannte den Angestellten nicht, der ihm in der Halle

den Hut abnahm und ihn anmeldete. Während er wartete, blickte er sich nervös um. *Nichts hat sich hier verändert, seit ich ausgezogen bin,* dachte er. Der schwarz-weiß geflieste Boden war noch immer derselbe, genau wie die griechischen Marmorfiguren am Fuße der Treppe. Zu seiner Rechten lag das Speisezimmer, links ging es zur Küche und zu den Unterkünften der Angestellten. Gerade, als er auf diese Tür starrte, öffnete sie sich und Henry betrat die Halle.

Vor Aidans Augen verschwamm die Welt. Für den Bruchteil einer Sekunde sah er dem Mann in die grauen Augen, bevor Aidan den Blick abwandte. Henry wirkte ebenso schockiert wie Aidan sich fühlte, was Aidan sich natürlich nicht anmerken ließ. Dennoch kam dem Diener ein „Willkommen zu Hause, Mylord" über die Lippen, während Aidan kein Wort hervorbrachte, sondern an dem zehn Jahre älteren Mann vorbeischaute, als nähme er ihn nicht wahr.

Henry Payne besaß eine hochgewachsene, schlanke Figur und hellbraunes Haar, das schon die ersten grauen Strähnen zeigte. Er sah für sein Alter noch immer hervorragend aus, was wohl mit ein Grund dafür war, dass Mutter ihn mochte und weshalb sich Aidan einst von ihm hatte verführen lassen. Henry hatte ihn alles über die Liebe gelehrt, als er etwa in Julians Alter gewesen war. Doch seine Zuneigung zu dem attraktiven Angestellten hatte sich in Abscheu verwandelt. Und dieses Gefühl hielt bis heute an, denn Henry spielte ein ganz übles Spiel mit Aidan.

„Aidan!" Aufgeregt kam seine Schwester die marmornen Stufen heruntergelaufen. Tränen schimmerten in ihren dunkelbraunen Augen. „Aidan, es tut so gut, dich zu sehen!"

„Hallo, Marianne." Er drückte sie kurz und gab ihr einen Kuss auf die Wange. „Gut siehst du aus."

„Aber Mutter und mir ist ganz grauenvoll zumute!", klagte sie, während Aidan aus den Augenwinkeln beobachtete, wie Henry ihn anstarrte, während er so tat, als staube er einen geflügelten Cupido ab.

Aidan ballte seine Hände zu Fäusten, ohne es zu bemerken. „Wie geht es Mutter? Hat sich ihr Zustand verschlimmert?"

„Der Arzt sagt, ihr gehe es schon wieder besser, aber ich denke, dass sie sich erst wieder ganz erholen kann, wenn Jul wieder da ist.“

„Jul? Wo ist er?“ Aidans Herzschlag, der gerade dabei war, sich nach der Begegnung mit seinem ehemaligen Liebhaber wieder zu beruhigen, beschleunigte sich abermals. Marianne zog ihn die Treppen hinauf in ihr Boudoir und schloss die Tür, worauf Aidan erleichtert ausatmete. Er hatte genau bemerkt, wie Henry ihn angesehen hatte. Aidan konnte den intensiven Blick beinahe immer noch auf sich spüren.

„Julian ist weggelaufen.“

„Weggelaufen?“ *Verflixt, Jul, du bist doch kein Kind mehr!*, dachte Aidan wütend, aber sofort schnürte sich sein Herz ein. *Was ist, wenn ich daran schuld bin?*

Marianne zog ein Blatt Papier aus ihrem Rock und wedelte damit vor seiner Nase umher. Sie erinnerte ihn doch sehr an seine Mutter, obwohl sie sich überhaupt nicht ähnlich sahen. „Hier, diesen Brief hat er uns geschrieben.“

Aidan nahm ihn ihr aus der Hand, um die krakeligen Zeilen zu überfliegen: „Liebste Mutter, geliebte Schwester, ich werde fortan bei den Zigeunern leben. In ein paar Wochen ziehe ich mit ihnen weiter. Lebt wohl, Euer Julian.“

Aidan las die wenigen Worte noch zwei Mal, bevor er sich mit zittrigen Fingern durchs Haar fuhr. *Bei den Zigeunern? Verflucht, Jul, was denkst du dir?* Mit keinem Wort hatte Julian den Grund für sein Verhalten erwähnt.

„Er hat sich in letzter Zeit so merkwürdig benommen und war so verschlossen. Sag, Aidan, was ist passiert, als er bei dir war? Er schien so aufgelöst zu sein.“

„Seit wann ist er weg?“, fragte Aidan, ohne ihr zu antworten. Mittlerweile raste sein Herz. *Oh Gott, wenn ihm etwas zugestoßen ist!*

„Er ist schon seit einem Monat fort. Es war noch am Tag seiner Ankunft. Wer weiß, ob er überhaupt noch in der Stadt ist. Wir haben außer diesem Brief nichts mehr von ihm gehört. Sag, Aidan, weißt du etwas?“

Aidan schüttelte den Kopf und versuchte, ruhig zu bleiben. *Also liegt es an mir …*

„Mutter macht sich solche Sorgen um ihn. Aidan, wenn bekannt wird, dass unser Bruder bei den Zigeunern rumlungert! Welcher Skandal! Wir wären ruiniert!“

Ach, Marianne, wenn du nur wüsstest ...

„Du musst ihn da rausholen und ihm ins Gewissen reden, damit sich Mutter endlich erholen kann. Auf dich hat er schon immer gehört."

Aidan steckte den Brief in die Innentasche seiner Weste. „Wo finde ich ihn?"

Marianne erklärte ihm den Weg so gut sie konnte, denn natürlich hatte sie Julian nicht besuchen können, nicht alleine, zumindest. Und die Dienerschaft durfte auf keinen Fall erfahren, dass Julian Shevington kein Mitglied der feinen englischen Gesellschaft mehr sein wollte.

Obwohl Aidan gerade erst angekommen war und noch nicht einmal seine Mutter begrüßt hatte, stürmte er zur Tür hinaus und brach mit Mariannes Einspänner auf.

„Ich suche meinen Bruder Julian", meinte Aidan zu einem fremdländischen Jungen, der ihn von oben bis unten begaffte. Ohne ihm eine Antwort zu geben, wandte sich der Knabe von ihm ab. Aidan glaubte schon, der Zigeuner hätte ihn nicht verstanden oder wollte ihn nicht verstehen, bis ihm dieser jedoch bedeutete, ihm zu folgen.

Aidan drückte sich zwischen zwei Karren hindurch, die eng beieinanderstanden, und folgte dem Kind zu einem Planwagen am anderen Ende der „Wagenfestung". Dabei bemerkte er die skeptischen Blicke der Alten. Er war hier ein Fremder, ein Eindringling. Und genau so kam er sich auch vor.

Jul kann doch nicht tatsächlich hier sein? Aidan fühlte sich sehr unbehaglich, aber er schritt so würdevoll wie möglich über den Platz, bis der Junge auf eine Ansammlung Menschen deutete, die anscheinend Kunststücke einstudierten.

Aidans Herz pochte wild in seiner Brust. Julian ragte mit seinem blonden Haar und der hellen Haut wie ein goldener Stachel aus der Gruppe heraus, obwohl er wie ein Zigeuner gekleidet war. Sein entblößter Oberkörper glänzte vor Schweiß und die Arme zitterten, als er einen Handstand machte und dabei ein paar Schritte auf den Händen ging. Das helle Haar hing ihm wild ins Gesicht und eine zarte Bräune ließ seine

Haut wie Bronze schimmern.

Ich erkenne ihn kaum wieder, durchfuhr es Aidan. Von dem gebildeten und vornehmen Sohn eines Adligen schien nichts mehr übrig zu sein.

Julian lachte, als ihn die Kraft verließ und er im Gras zusammenbrach, doch sofort reichte ihm ein attraktiver junger Mann die Hand, um ihm aufzuhelfen.

Nachdem Julian seinen Bruder bemerkt hatte, erstarb sein Lächeln. Gleich drehte er ihm den Rücken zu und schritt davon. Der gut aussehende Zigeuner folgte ihm und verstand anscheinend nicht, was mit Julian los war, denn er gestikulierte wild mit den Händen, bis er sich umdrehte und Aidan ansah.

Die beiden verschwanden in einem Wagen, und Aidan folgte ihnen. *Was soll das, warum ignoriert er mich?* Er hatte sich eine ganz andere Begrüßung vorgestellt. *Aber was habe ich erwartet? Wahrscheinlich hasst er mich, weil ich ihn verführt habe.*

Aidan klopfte an das Holz und trat dann ohne Umschweife in das Gefährt. Julian saß schmollend in einer Ecke, während der Zigeuner einen Arm um seine Schultern gelegt hatte und Aidan merkwürdig ansah.

„Julian, begrüßt man so seinen Bruder?“, donnerte Aidan. Er kochte innerlich. „Mutter ist schwer krank und vergeht vor Kummer, und du amüsierst dich hier mit diesem Gesindel!“

Der Blick aus den dunklen Augen des Zigeuners traf ihn wie Pfeilspitzen, während Julian entsetzt aufsah. Aber er ignorierte Aidan weiterhin.

„Mutter möchte dich noch einmal sehen, bevor sie ... Du kennst sie ja, sie glaubt, sie müsse sterben.“

Julians Gesicht verdüsterte sich. Er stand auf und stieg aus der weiten Hose, bis er nackt vor den beiden stand. Julian schien sich kein bisschen zu schämen, aber Aidan versetzte es einen Stich ins Herz, als er bemerkte, wie lüstern der Zigeuner seinen Bruder betrachtete.

„Ich muss gehen, Darius“, sagte Julian, während er in seine konventionellen Kleidungsstücke schlüpfte, die ziemlich ramponiert aussahen. „Aber ich werde wiederkommen.“

„Du weißt ja, wo du mich findest, wenn wir nicht mehr hier sind.“ Der Zigeuner sprach so gut Englisch, dass Aidan es beinahe bereute, ihn beleidigt zu haben.

Darius reichte Julian die Hand, doch dieser zog den Zigeuner in seine Arme, um ihn demonstrativ auf den Mund zu küssen.

Aidan spürte Übelkeit in sich aufsteigen. *Jetzt wird mir klar, warum es ihm hier so gut gefällt!*, dachte er zornig, ohne seine Gefühlsregung nach außen zu zeigen. *Jul verhält sich total kindisch, nur um mir eins auszuwischen!* Aidan musste sich eingestehen, dass es ihm auch bestens gelang.

Nachdem sein kleiner Bruder endlich die Zunge aus dem Mund des Zigeuners genommen hatte, grinste dieser unverschämt in Aidans Richtung, so, als wüsste er genau, was zwischen ihm und Julian abgelaufen war. *Was hat Jul diesem Kerl nur erzählt? Ist er lebensmüde?* Die Übelkeit verdichtete sich in Aidans Magen, als er daran dachte, dass Darius dieses Wissen ebenso gegen ihn verwenden konnte wie es Henry getan hatte. Sofort zog er Julian aus dem Wagen und schleifte ihn zur Kutsche.

Den ganzen Weg nach Hause redete Julian kein Wort. Aidan war schon froh, dass er sich dazu herabgelassen hatte, wieder seine anständigen Kleider anzuziehen, doch der teure Stoff war zerknittert und voller Flecken. *Wenn Mutter ihn in diesem Zustand sieht, wird ihr Herz aussetzen!*, dachte Aidan und sagte: „Bevor du Mutter unter die Augen trittst, wirst du ein Bad nehmen. Wie siehst du nur aus, Jul, wie jemand aus der Gosse! Was hast du dir nur dabei gedacht?“

Julian gab ihm jedoch keine Antwort. Offensichtlich hing er irgendwelchen interessanten Erinnerungen nach, denn er starrte Löcher in die Luft. *Jul wird an diesen Zigeuner denken*, stellte sich Aidan zähneknirschend vor. *Aber was reg ich mich auf? Schließlich habe ich ihn selbst nach Hause geschickt.*

Tief durchatmend stand Aidan vor der Badezimmertür und hörte, wie hinter dem Holz Wasser plätscherte. *Jetzt kommst du mir nicht aus, Brüderchen!* Aidan wollte endlich Antworten, und zwar noch bevor Julian ihrer Mutter Rechenschaft ablegte. *Schließlich bin* ich *das Familienoberhaupt, verdammt noch mal!* Er hatte so viele Fragen an seinen kleinen Bruder, doch am meisten interessierte ihn, was er alles mit diesem Darius getrieben hatte. Alleine die Vorstellung, dass dieser Zigeuner jeden Fleck von Julians makelloser Haut berührt hatte, ließ Aidan beinahe an die Decke gehen. Diese Gefühlsregungen waren sehr untypisch für ihn. Er hatte früh lernen müssen, immer einen kühlen Kopf zu bewahren, um die korrekten Entscheidungen treffen zu können, aber Julian vernichtete seine sorgsam gepflegten Regeln nach und nach.

Entschlossen drehte Aidan am Knauf und betrat das kleine Badezimmer, in dem duftende Dampfwölkchen waberten. Erst vor Kurzem war der Umbau abgeschlossen worden, und Aidan wusste sofort, dass er ebenfalls so einen komfortablen Raum in seinem Herrenhaus wollte. Julian lag in einer geräumigen, emaillierten Wanne, die auf vier kunstvoll verzierten Klauenfüßen stand, während aus einem vergoldeten Hahn heißes Wasser floss. Mit einem dicken Badeschwamm fuhr er sich gerade über die Brust, als er Aidan bemerkte. Sofort hielt er in den Bewegungen inne. Die Hand mit dem Schwamm hatte er gegen seine Brust gedrückt, während er in der anderen ein Stück Seife hielt.

Aidan schloss die Tür hinter sich und sperrte ab, bevor er nah an den Rand der Wanne trat. Leider war das Wasser so klar, dass er bis auf den Grund sehen konnte. Beim Anblick von Julians schönem Körper schluckte Aidan schwer. „Wir müssen miteinander reden, Jul. Ich ertrage es nicht länger, dass du mich so vehement ignorierst."

Julian setzte jedoch den Waschgang fort, als wäre er alleine im Badezimmer. Ausgiebig seifte er sich die Haare sowie die Achseln ein und tauchte anschließend kurz den Kopf unter Wasser. Sichtlich entspannt lehnte er sich dann mit geschlossenen Augen gegen den Rand.

Aidan konnte einfach nicht wegsehen. Alle Fragen, die er sich gerade noch zurechtgelegt hatte, vergaß er, als Julian damit begann, sich provozierend zwischen den Schenkeln einzuseifen. Die Seife flutschte unter Wasser zwischen den Beinen hindurch und hinterließ milchige Spuren. *Ich ertrage den Gedanken nicht, dass ihn dieser Zigeuner nackt gesehen hat.* Am liebsten wollte Aidan den Schwamm selbst in die Hand nehmen, um Darius' Berührungen von Julians Körper zu waschen.

„Hast du mit dem Zigeuner geschlafen?", fragte er rau, aber Julian antwortete ihm nicht. Stattdessen öffnete er die Lider und starrte ihn mit entrücktem Blick an. In lasziven Bewegungen wusch er seine wachsende Erektion, bis sie so weit angeschwollen war, dass die Spitze aus dem Wasser schaute.

Jul ist kein grüner Junge mehr, erkannte Aidan plötzlich. *Mir wird ganz schlecht, wenn ich daran denke, was er mit diesem Darius getrieben hat.* Das Pochen in seinen Lenden erinnerte ihn daran, wie sehr es ihn nach Julian verlangte. *Ich habe einen Schlussstrich gezogen und muss nun stark sein!*

Julian wusste, dass er sich unmöglich benahm und seinem Bruder Schmerzen zufügte, doch er hatte keine Ahnung, was ihn dazu trieb. Den ganzen Monat hatte er Aidan nicht aus dem Kopf bekommen, obwohl Darius in köstlich abgelenkt hatte. Dennoch war er mehrmals kurz davor gewesen, einfach aufs Land zu fahren. Aber als er seinen großen Bruder gesehen hatte, war Wut in ihm aufgestiegen. Wie Aidan so selbstsicher und stolz durch die Zigeuner geschritten war, mit diesem arroganten Ausdruck auf seinem hübschen Gesicht, das hatte Julian überhaupt nicht gefallen.

Mittlerweile war sein Zorn verflogen, da er bis vor Kurzem selbst noch mit gewissen Vorurteilen ausgestattet gewesen war. Aidan wusste es eben nicht besser, doch sollten sie je wieder miteinander reden, würde Jul ihm alles erzählen, was er über die Zigeuner gelernt hatte.

„Mutter wartet, also beeile dich", sagte Aidan rau.

Julian wusste: Lady Cathérine schlief gerade. Henry hatte ihm das mitgeteilt, als er das Badewasser eingelassen hatte. Zudem hatte der Diener noch berichtet, dass es der Hausherrin schon wesentlich besser ginge. Darum sah Julian keinen Grund, sich tatsächlich zu beeilen. Aber er legte die Worte zu seinen Gunsten aus, weshalb er den Schwamm noch schneller über seine Scham gleiten ließ.

Ohne Vorwarnung streckte Aidan die Hand aus und umfasste sein steifes Geschlecht, worauf Jul stöhnend tiefer ins Wasser rutschte. Aidans Augen funkelten – er sah richtig zornig drein! „Du wirst dich von diesem Gesindel fernhalten, verstehst du! Ich möchte nicht, dass du dich noch einmal mit dem Zigeuner triffst!" Der Druck um Julians Penis wurde stärker. Sein Bruder hielt ihn fest, als wolle er ihm damit demonstrieren, dass außer ihm niemand dorthin greifen durfte.

Als Aidan damit begann, an seiner ganzen Länge auf und ab zu streichen, krallten sich Juls Finger in den Wannenrand. Das Gefühl war einfach unbeschreiblich. So viele Nächte hatte sich Julian ausgemalt, noch einmal auf diese Art von Aidan berührt zu werden, aber die Realität übertraf alles.

„Hat er es dir besser gemacht als ich, Julian? Sag, hat er das?"

Erst hatte Jul nicht mit Aidan sprechen wollen, jetzt konnte er es nicht mehr. Aidan hielt ihn mit einer Hand umklammert wie in einem Schraubstock, während sein anderer Arm unter Wasser glitt und ein Finger über seinen After strich. Dabei schien es ihm egal zu sein, dass sein Hemd ganz nass wurde.

Aidans hellblaue Augen bohrten sich in seine, als er den Finger um das enge Loch kreisen ließ. „Hat er es auch so gemacht, Jul? Oder ist er vielleicht noch weiter gegangen?" Aidan beugte sich über den Wannenrand, bis sich ihre Lippen beinahe berührten, doch er küsste ihn nicht. „Ich werde jeden Gedanken an ihn auslöschen!"

Wärme durchflutete Julian, die nicht von der Hitze des Wassers herrührte. *Aidan zerspringt beinahe vor Eifersucht, also muss ich ihm sehr viel bedeuten!* Julian wandte nie den Blick von seinem Bruder, dessen Atem stoßweise gegen seine Wange schlug. Als sich der streichelnde Finger plötzlich in ihn schob, gab Julian seine Ignoranz auf. „Aidan ... aaah", stöhnte er mit tränenfeuchten Augen. „Ich habe nur an dich gedacht, das schwöre ich dir!"

„Beweise es", hauchte dieser gegen seinen Mund. Die hellblauen Augen schimmerten ebenfalls.

Sofort hob Jul ihm sein Becken entgegen, damit der Finger noch tiefer in ihn glitt, während er Aidans Kopf an sich zog, um die Lippen zu küssen, die Aidan so verbittert zusammenpresste.

In Julian entbrannte ein Sturm der Gefühle. Aidan stieß seine Zunge und den Finger in ihn, sodass Jul befürchtete, sein Bruder würde gleich bei ihm in der Wanne landen, da dessen andere Hand immer noch an seinem Geschlecht rieb. Die zahlreichen unterschiedlichen Empfindungen – die seines Körpers und die seiner Seele – vermischten sich zu einem brandgefährlichen Cocktail.

Aidan musste die Lippen fest gegen seine drücken, damit kein Stöhnen das Badezimmer erfüllte. Feine Tropfen standen auf der Stirn seines Bruders. Ob es Schweiß war oder von der feuchten Luft kam, vermochte Julian nicht zu unterscheiden. Vor seinen Augen wurde es schwarz, als Aidan einen zweiten Finger tief in ihn schob und gegen einen Punkt stieß, der ihn explodieren ließ. Julian bäumte sich auf, presste hechelnd den Mund gegen Aidans Hals, dass ihm kein Laut entwischte, und krallte die Finger in dessen breite Schultern, bis der gewaltige Höhepunkt vorüber war. Dann sank er entspannt zurück ins warme Nass.

„Mutter wartet, Jul", flüsterte Aidan rau, als er die Hand aus dem Wasser zog und eilig das Bad verließ. Aber Julian hatte die enorme Beule in seiner Hose dennoch gesehen.

Julian und Aidan standen wartend vor der Schlafzimmertür ihrer Mutter. Sie wagten es kaum, sich anzublicken. Den beiden war nur allzu bewusst, was sich soeben zwischen ihnen abgespielt hatte – wieder einmal. Anscheinend waren sie nicht fähig, die Hände voneinander zu lassen.

Aidan, ich weiß, dass du mich begehrst, ging es Jul durch den Kopf. *Und ich weiß, unsere Liebe ist falsch, aber ich muss immerzu an dich denken. Dich nicht haben zu können, quält mich so sehr!* Ständig schweiften Julians Gedanken zu der Szene im Badezimmer. *Aidan scheint leicht verführbar zu sein. Er brauchte mich nur nackt zu sehen, schon kam es über ihn. Vielleicht kann ich das irgendwie zu meinem Vorteil nutzen?* Nein, das durfte er nicht. Auch wenn sie nicht miteinander verwandt wären, war allein der Gedanke an solche Taten schon verwerflich genug. Julian musste sich damit abfinden, dass es für sie beide einfach keine gemeinsame Zukunft gab.

Plötzlich wurde die Tür aufgerissen und Marianne stürmte heraus. Sie lief Aidan geradewegs in die Arme. „Ihr sollt nun hereinkommen", schluchzte sie übertrieben. „Sie möchte noch mit euch reden, bevor sie ..." Marianne straffte ihre Schultern und versuchte, sich zu beruhigen.

Julian drückte ihre Hand. „Ist es denn wirklich so schlimm, Mary? Payne meinte, sie wäre schon wieder auf dem Weg zur Besserung."

„Payne hat das gesagt?" Aidan zuckte zusammen, als wäre er geschlagen worden.

„Ich glaube ihm, denn wir kennen doch Mutter, sie übertreibt für ihr Leben gerne", versuchte Julian seinen Bruder zu beruhigen. Anscheinend nahm ihn die Sache sehr mit.

„Wie lange wollt ihr denn noch vor der Tür stehen?" Lady Cathérine protestierte lautstark, bevor ein theatralisches Hüsteln einsetzte. „Vielleicht habe ich nicht mehr lange Zeit!"

„Hört sich so eine sterbenskranke Frau an?", flüsterte Jul, bevor er grinsend rief: „Wir kommen, Mutter!"

Als die zwei Brüder eingetreten waren und die Tür hinter sich geschlossen hatten, stellten sie sich jeder an eine Seite des Kopfendes und blickten abwartend zu Lady Cathérine. Ihre Mutter saß in dem breiten Bett, den Rücken mit einer Unmenge Kissen abgestützt, und hielt sich ein Spitzentaschentuch an die Lippen.

„Julian! Was in Gottes Namen hast du dir dabei gedacht, deiner alten Mutter Nerven so zu strapazieren?" Sie schenkte ihm einen kurzen, entrüsteten Blick, bevor ihr Gesicht weicher wurde. „Aber ich will jetzt nicht mit dir schimpfen." Abermals hustete Lady Cathérine. „Meine großen Jungen", sagte sie lächelnd, wobei sie dennoch ernst wirkte. „Ich bin so glücklich, euch zu haben. Alle beide."

Julian und Aidan blickten sich kurz an, bevor sie sich auf die Matratze setzten. Lady Cathérine streckte ihnen ihre Hände entgegen, und beide ergriffen sie.

„Was möchtest du uns so Wichtiges erzählen?", fragte Aidan vorsichtig.

Lady Cathérine sah ihn mit gerunzelter Stirn an. „Kannst du es dir nicht denken? Es ist an der Zeit, dass Julian die Wahrheit erfährt."

„Welche Wahrheit?", sprachen die zwei wie aus einem Munde, aber ihre Mutter schaute weiterhin nur auf Aidan. „Hast du etwa vergessen, was an dem Tag geschah, als Julian geboren wurde?"

Nein, natürlich hatte es Aidan nicht vergessen. Als sehr junger Mann war er sogar oft kurz davor gewesen, es seinem Bruder zu verraten. Als Aidan jedoch das Familienoberhaupt wurde und sich um all die Dinge kümmern musste, für die sonst Vater zuständig gewesen war, hatte er verdrängt, was damals geschehen war. Zudem war noch die Geschichte mit Henry dazugekommen. Aber jetzt kehrte die Erinnerung mit einem Schlag zurück. *Oh mein Gott! Julian, er ist nicht ... Jetzt fällt mir alles wieder ein!*

„Was ist an dem Tag passiert, Mutter?", hörte er Julian wie aus weiter Ferne. „Jetzt erzähl mir bloß nicht, du hattest ein Verhältnis mit einem anderen Mann und ich bin das Resultat daraus", scherzte er unbeschwert. „Ich hatte mich schon gefragt, warum ich so anders bin als ihr."

Lady Cathérine und Aidan starrten ihn nachdenklich an. Aidan konnte beobachten, wie das Grinsen in Julians Gesicht gefror, als dieser sagte: „Lord Arthur war nicht mein richtiger Vater, oder?"

„Oh Jul, Liebling, ich weiß gar nicht, wie ich es dir sagen soll ...", wand sich Lady Cathérine und drückte seine Hand.

„Einfach frei heraus", krächzte Julian, dem jetzt anscheinend nicht mehr nach Scherzen zumute war.

„Ich bin nicht einmal deine Mutter."

Wie Blitze schossen die verdrängten Bilder nacheinander in Aidans Gehirn, als der richtige Julian Shevington kurz nach der Geburt in den Armen seiner Mutter gestorben war. Aidan war damals selbst dabei gewesen, als es passierte, woraufhin er seiner Mutter versprechen musste, das Geheimnis für sich zu bewahren. Er war der einzige Zeuge gewesen, als Lady Cathérine die Kinder vertauschte. Nicht einmal sein Vater, Lord Arthur Shevington, hatte gewusst, dass Julian nicht sein leiblicher Sohn war, denn er war zu diesem Zeitpunkt geschäftlich verreist.

„WAS?" Julian wirkte sichtlich schockiert. „Aber ... wie ..." Seine Schultern fielen nach vorne; er schien sehr bedrückt. Wie gerne wollte Aidan jetzt um das Bett herumgehen und ihn in die Arme nehmen, um ihm Trost zu spenden. Wie furchtbar musste es sein zu erfahren, dass man vierundzwanzig

Jahre lang das Leben eines anderen gelebt hatte. Aidan wollte sich nicht vorstellen, was gerade in Julian vorging.

„Du warst das Kind meines Hausmädchens Jane", begann Lady Cathérine leise. „Jane MacGomery. Ihre Eltern ... deine Großeltern ... kamen aus Schottland. Jane starb bei deiner Geburt und ließ dich zurück. Niemand wusste, wer dein Vater war, und Verwandte hatte Jane keine mehr." Lady Cathérine erzählte zum ersten Mal in ihrem Leben die wahre Geschichte über Julian, da sie dieses Geheimnis unmöglich mit ins Grab nehmen konnte. „Ich war so traurig und verzweifelt, weil es mein eigenes Kind nicht schaffte, dass ich euch einfach vertauschte. Du brauchtest eine Mutter und ich einen Sohn. Alle dachten, es wäre Janes Baby, das sie zu ihr in den Sarg legten."

Eine Weile saß Julian stillschweigend am Rand des Bettes und starrte vor sich hin.

„Jul?" Aidan hielt es nicht länger aus. Er kam auf seine Seite, um ihm vorsichtig einen Arm um die Schultern zu legen, aber Julian stieß ihn plötzlich weg. „Du hast es die ganze Zeit gewusst und mir nichts gesagt!", fuhr er Aidan an.

„Ich hatte es verdrängt. Für mich warst du immer mein richtiger Bruder!"

„Er musste es mir zudem versprechen, Julian. Aidan war der einzige Komplize, den ich hatte", ging Lady Cathérine dazwischen. „Stell dir nur vor, dein Vater hätte etwas erfahren oder einer der Angestellten."

„Für Vater war ich doch sowieso immer nur Luft!" Wie ein Häuflein Elend sackte Julian auf der Matratze zusammen und schien in Gedanken versunken. Aber plötzlich sah er hoch, um Aidan tief in die Augen zu blicken. „Wir sind keine Brüder", flüsterte er. „Hörst du, Aidan? Wir sind keine richtigen Brüder." Dann stand er auf und verließ den Raum.

„Er hat es ganz gut aufgenommen, oder?" Lady Cathérine starrte ihren Ältesten mit hochgezogenen Brauen an.

„Ja, ich denke schon", sagte Aidan. „Aber ich werde mal besser nach ihm sehen."

Seine Mutter legte ihre Hand aufs Herz und blickte Aidan hoffnungsvoll an. „Tu das, mein Sohn. Du hattest schon immer den besseren Zugang zu ihm."

Julian lag mit hinter dem Kopf verschränkten Armen in seinem Bett und starrte ins Nirgendwo, als sich Aidan in sein Zimmer schlich. „Komm rein", sagte der Jüngere, ohne zur Tür zu blicken.

Aidans Herz raste. *Ich weiß, was er nun denkt. Julian wird jetzt sicher erleichtert sein, dass wir nicht miteinander verwandt sind, andererseits ist er bestimmt enttäuscht, weil er ein Leben gelebt hat, das nicht für ihn vorgesehen war.* Aber wenn ihn die Shevingtons nicht aufgenommen und wie einen eigenen Sohn großgezogen hätten, wäre Julian ins Armenhaus gekommen.

„Hey", sagte Aidan und hockte sich neben seinem Bruder, der plötzlich nicht mehr sein Bruder war, auf die Matratze. „Wie fühlst du dich?"

Abrupt setzte sich Julian auf und ergriff Aidans Hand. „Wir sind nicht miteinander verwandt, Aidan. Weißt du, was das bedeutet?"

Hab ich's mir doch gedacht, grinste Aidan innerlich. „Halt, mal langsam, Strohkopf!" Liebevoll verwuschelte er Julian das Haar. „Diese Neuigkeit hat dich bestimmt ganz schön aus der Bahn geworfen."

Plötzlich wirkte Julians Blick verklärt, als er sagte: „Du wirst bald eine Nachricht bekommen, die eine erschütternde Wahrheit ans Licht bringt ... Darius hatte recht ... Und er sprach auch davon, dass die Liebe mein gesamtes Leben verändern wird." Sofort drehte er den Kopf. Hoffnung leuchtete in Julians grünen Augen.

„Was redest du da für wirres Zeug, Kleiner?" Aidan hatte keine Ahnung, wovon der Jüngere sprach, aber dass Darius in Julians Gedankengängen vorkam, gefiel ihm überhaupt nicht.

„Wir sind nicht blutsverwandt! Verstehst du nicht?!" Julian rückte näher an Aidan, dessen Herz wie wild pulsierte.

„Das ändert aber nichts an der Tatsache, dass unsere Liebe verboten ist, Jul. Sie ist schmutzig und krank."

„So, ist sie das? Auf einmal!" Mit Tränen in den Augen kroch Julian vom Bett. Er schien sehr verwirrt zu sein. „Wieso willst du mich nicht?", murmelte er vor sich hin. „Wenn wir es geheim hielten, würden wir beide glücklich sein."

Ach, Jul, du stellst dir das alles so einfach vor! Aidan schnürte es das Herz ein, den jungen Mann so traurig zu sehen.

„Hey, wo willst du hin?“ Aidan sprang auf, um ihn am Arm festzuhalten. „Du hast doch nicht etwa vor, wieder zu diesem Zigeuner zu gehen?“ Grimmig blickte er von oben auf Julian herab.

„Lass mich los!“, schrie dieser plötzlich. „Darius stellt sich wenigstens nicht so an wie du, obwohl ihm viel Schlimmeres widerfahren würde, wenn seine Leute von seiner Andersartigkeit erführen!“

„Du wirst nicht noch mal davonlaufen, hörst du? Und schon gar nicht zu diesem Kerl!“ Aidan packte den Jüngeren an den Schultern und warf ihn zurück auf das Bett. „Du wirst den Zigeuner nie wieder sehen! Ich werde schon dafür sorgen, dass du ihn vergisst!“

„Ach ja, und was willst du tun?“, funkelte Julian ihn an.

Aidan kochte. Allein die Vorstellung, wie sich Julian und Darius in den Armen lagen, ließ ihn rotsehen. Er war so wütend, dass er überhaupt nicht mitbekommen hatte, dass er auf Julians Brustkorb saß und ihm die Hände über dem Kopf in die Laken drückte. Damit er sich wieder in den Griff bekam, sah sich Aidan im Raum um. Viel hatte sich hier nicht verändert, seit er auf den Landsitz gezogen war. Eine ganze Schar aus Holz geschnitzter Tiere stand um einen gezimmerten Bauernhof, auf dem Fensterbrett erkannte er einen Globus und ein Fernrohr, und von der Zimmerdecke hing ein Fischernetz, das mit Muscheln und Seesternen bestückt war. Julian schien diesen Raum nur noch zum Schlafen zu nutzen. Seit sie Kinder waren, hatten sie unter dem Dach des Stadthauses gelebt. Zuerst mit ihrem Kindermädchen, später allein. Seit Vaters Tod lebte Marianne in der zweiten Etage, zusammen mit Lady Cathérine. Darüber lagen die Dachzimmer. Sie mussten leise sein, denn Mutter schlief unter ihnen.

„Aidan, was soll das?“, protestierte Julian lautstark.

„Hör auf so zu schreien, sonst hört dich Mutter und dann macht sie sich wieder unnötige Sorgen!“

„Du hast mir nichts mehr zu sagen, Aidan. Wir sind ja nicht miteinander verwandt! Und jetzt lass mich gehen!“

Ungestüm riss sich Aidan zuerst seines, dann Julians Krawattentuch vom Hals, bevor er ihm damit die Hände an das gußeiserne Bettgestell fesselte. Julian lag wie versteinert unter ihm, während er die Prozedur über sich ergehen ließ und Aidan dabei mit offenem Mund anstarrte. „Was soll das, meinst du, das hält mich auf?", fragte Julian sichtlich verwundert.

Während Julian an den Fesseln zerrte, erhob sich Aidan, um die Tür abzusperren. Das alles erledigte er in einer Art Trance, ohne richtig darüber nachzudenken, was er tat. Er sah immer nur diesen Darius vor Augen, der Julian küsste, ihn streichelte und mit ihm schlief. Alleine die letzte Vorstellung gefiel ihm am allerwenigsten.

Zielstrebig ging er auf eine Kommode zu, wühlte darin herum und zog schließlich weitere Tücher hervor, um die provisorischen Verschnürungen an Julians Handgelenken zu verstärken. Dabei ging ihm die Badeszene nicht aus dem Kopf. Es hatte ihn so sehr erregt, Julian Lust zu verschaffen, dass es von seinen Hoden bis in die Spitze seines Geschlechts ob der unterdrückten Leidenschaft heftig zog.

Überhaupt war er bis jetzt immer zu kurz gekommen, doch das wollte er nun alles nachholen. *Ganz oder gar nicht,* dachte er.

Aidan bekam kaum mit, dass sich Julian längst nicht mehr wehrte. Sein Unterleib drückte sich gegen Aidans Pobacken, als er sich wieder auf den jüngeren Mann setzte. „Ich will nicht, dass du noch einmal zu diesem Zigeuner gehst", knurrte Aidan, während er sich an den Knöpfen von Julians Hemd zu schaffen machte.

„Das ist ganz allein meine Entsch... aaah!", keuchte Julian, als sein Hemd aufgerissen wurde und dabei einige Knöpfe im hohen Bogen absprangen. Aidan zog es auseinander, bis Julians Oberkörper entblößt war. Als er seine Hände auf die nackte Haut legte, spürte Aidan den heftigen Herzschlag. *Sein Körper ist so wunderschön, ohne einen Makel,* ging es Aidan durch den Kopf. *Ich ertrage es nicht, ihn mit einem anderen zu teilen!* Es machte ihn verrückt, wenn er daran dachte, aber zugleich wurde ihm bewusst, dass er aufhören sollte. *Ich kann nicht, ich bin zu schwach dafür.*

Julians leicht geöffneter Mund zog seinen Blick an. Als sich dieser mit der Zunge über die Lippen fuhr und „Küss mich endlich" flüsterte, ließ sich Aidan nur noch von seinen Gefühlen treiben. Er nahm je eine harte Brustwarze zwischen Daumen und Zeigefinger und zwirbelte sie leicht, bevor er sich hinunterbeugte und sich ihre Münder trafen. Julian drückte ihm dabei den Kopf entgegen und küsste ihn so stürmisch, als wäre er am Verdursten und Aidan seine lebensrettende Quelle.

Während sie nicht voneinander abließen, streifte sich Aidan Weste und Hemd ab, bis er sich mit nacktem Oberkörper auf seinen Gefangenen legte. Juls Haut war so heiß wie seine – sie beide schienen regelrecht zu verbrennen. Das Gefühl war so überwältigend, dass er Julian in den Mund stöhnte.

Aidans Zungenspitze fuhr über Julians leicht stoppelige Wangen bis zu seinem Ohr. „Kann ich es besser?“, flüsterte Aidan, bevor er sich an dem zierlichen Hautlappen festsaugte.

„Hör auf, dich mit Darius zu vergleichen!“ Julian unter ihm atmete schwer und drückte dabei seinen Unterleib fest gegen Aidan.

„Du kannst es wohl kaum erwarten!“ Aidan leckte an dem schlanken Hals hinab bis zu den kleinen Kügelchen auf Julians Brust, in die er sanft hineinbiss. Dabei rutschte er tiefer, um Julians Hose zu öffnen. Ungeduldig zog er den Stoff herunter, bis der Jüngere nackt und wehrlos unter ihm lag. Dessen Erektion ragte dabei steil in die Höhe. Ein Tropfen glänzte an dem geschlitzten Ausgang, und Aidan war versucht, ihn aufzulecken, aber zuerst musste er sich von seiner eigenen Hose befreien. Seine Männlichkeit verlangte nach mehr Platz.

Mit verschleiertem Blick verfolgte der Gefesselte, wie er sich auszog. Julians Augen blieben an seiner Härte hängen.

„Willst du ihn?“, flüsterte Aidan, der spürte, wie ihm bei diesen Worten Hitze in die Wangen schoss.

„Ja, ich will ihn. Ich will DICH, Aidan, schon so lange.“

Julian blickte ihn so voller Verzweiflung und Sehnsucht an, dass es Aidan ganz warm ums Herz wurde. Zugleich schürte es seine Lust. Als er sah, wie sich Julian über die Lippen leckte, sichtbar begierig darauf, ihn zu schmecken, hielt Aidan nichts mehr zurück. Er kam über den jüngeren Mann, um ihm seine pochende Spitze an den Mund zu drücken.

Julian küsste seine Eichel hauchzart. Es war wie der Flügelschlag eines Schmetterlings, und Aidan musste sich am Bettgestell abstützen, so sehr erregte es ihn, Julian zuzusehen. Die Zunge schnellte heraus, um über das glatte Fleisch zu lecken, und Aidan fragte: „Hat *er* dir das beigebracht?", doch seine Gedanken an den Zigeuner verpufften. Noch nie war er so lustvoll auf diese Art verwöhnt worden.

„Ich will kein Wort mehr über Darius hören", hauchte Julian gegen seine feuchte Spitze, bevor er sie fest mit den Lippen umschloss.

Aidan stöhnte so laut auf, dass er sich auf die Unterlippe biss. *Wir müssen still sein,* durchfuhr es ihn. Hier, im obersten Stockwerk, befand sich wahrscheinlich gerade kein Personal, jedoch hatte Aidan immer das Gefühl, beobachtet zu werden. *Das liegt bestimmt an Henry.* Für einen Moment dachte er an den älteren Mann, der ihn in die Liebe eingeführt hatte. Beinahe täglich hatte sich der Diener in Aidans Zimmer geschlichen, nachdem alle im Haus zu Bett gegangen waren, aber so schön wie mit Julian war es nie gewesen. Dieser hielt ihn fest in seiner feuchten Höhle, saugte und leckte, bis sich Aidan beinahe in ihn ergoss. Schnell zog er sich zurück.

Julian blickte schwer atmend zu ihm auf. Er zerrte leicht an den Fesseln und wand sich lustvoll. „Nimm dir, was du möchtest", bot er Aidan an. „Ich gehöre ganz dir."

Das ließ sich Aidan nicht noch mal sagen. Sofort spreizte er Julians Schenkel, um sich dazwischenzuknien, bevor er sein Haupt auf dessen Erektion senkte.

Julian ließ einen heiseren Schrei los.

„Sei leise!", warnte ihn Aidan und fuhr mit seinen Liebkosungen fort, doch Julian stöhnte ungeniert.

„Ich kann nicht leise sein, die Lust muss aus mir heraus, oder ich zerspringe!"

Kommentarlos stand Aidan auf, um ein weiteres Tuch aus der Schublade zu holen, mit dem er Julian den Mund verband. Als er geknebelt war, starrte ihn Julian mit großen Augen an.

„Jetzt werde ich dir zeigen, wie man liebt", zischte ihm Aidan ins Ohr, bevor er noch mal von Julian herunterrutschte, um in seiner Weste nach einem Fläschchen zu suchen, das er zuvor aus Lady Cathérines Flakon-Sammlung entwendet hatte. Es enthielt ein duftendes Öl, von dem sich Aidan reichlich in seine Handfläche goss, bevor er sich zwischen Julians Beine auf die Matratze kniete. Er massierte die muskulösen Pobacken, fuhr den Damm entlang und tief in die Spalte, und schmierte schließlich auch Julians Hoden und sein geschwollenes Geschlecht damit ein. Den Rest verteilte er auf seiner eigenen Härte.

Mit weit geöffneten Beinen lag der Jüngere unter ihm, so, als könnte er es nicht mehr erwarten, bis Aidan zu ihm kam. *Ich kann auch nicht mehr warten, ich habe diese ganze Warterei satt!*, dachte der Viscount, bevor er vorsichtig in Julian hineinglitt.

Sofort versteifte sich der Gefesselte. Aidan gab ihm einen Moment, um sich an die Dehnung zu gewöhnen.

„Wie hat er dich genommen, Jul?", knurrte Aidan. Er musste sich sehr beherrschen, nicht sofort heftig in ihn zu stoßen. „Hat er dich auch erst festbinden müssen, damit du nicht davonläufst?"

Julian sah mit glasigen Augen zu ihm auf, wobei er den Kopf schüttelte.

„Nein, natürlich hat er dich nicht knebeln müssen, du hast dich freiwillig unter ihn gelegt."

Wieder verneinte Julian, aber Aidan spürte, wie er sich endlich entspannte. Sofort fing er an, sich langsam in ihm vor und zurück zu schieben. Dabei ließ er seine öligen Finger über Julians Geschlecht wandern, das so prall mit Blut gefüllt war, dass sich die dunklen Adern fest über den gesamten Schaft zogen.

Aidan bewegte sich schneller. „Wie hat es dein Zigeuner gemacht, Jul? Hat er dich glücklich gemacht? Hat er das?"

Abermals schüttelte Julian mit fiebrigem Blick den Kopf. Er genoss es sichtlich von Aidan genommen zu werden, was diesen zutiefst befriedigte. Obwohl Julian geknebelt war, ertönten lustvolle Laute im Zimmer, und es dauerte nicht lange, da fanden beide ihre Erfüllung.

Erschöpft ließ sich Aidan auf den schlanken Mann sinken, der heftig durch die Nase atmete, worauf er ihm das Tuch aus dem Mund zog.

„So habe ich mir mein erstes Mal nicht vorgestellt", flüsterte Julian.

Sofort versteifte sich Aidan. „Verdammt, warum hast du nichts gesagt?"

„Du hast mich geknebelt."

Energisch löste Aidan die Knoten an Julians Handgelenken. „Du hättest ja vorher was sagen können!"

„Und mir das hier entgehen lassen? Niemals, Aidan. Ich hatte zu große Angst, du könntest einen Rückzieher machen."

„Einen Rückzieher?" Aidan war erleichtert. Er umarmte Julian und drückte ihn an sich. „Ich hätte nicht mehr zurück gekonnt, selbst wenn das Haus eingestürzt wäre."

Er spürte die Hände des Jüngeren an seinem Rücken, als dieser sagte: „Ich bin froh, dass ich mein erstes Mal mit dir erleben durfte. Es war sehr schön."

„Ja, das war es", meinte Aidan verträumt, worauf er Julian noch fester an sich zog.

„Du, Aidan?"

„Hmm", brummte dieser mit geschlossenen Augen.

„Jetzt, da wir erfahren haben, dass wir keine richtigen Geschwister sind", begann Julian vorsichtig, „da könnten wir doch ..."

„Vergiss es, Jul", murmelte Aidan in das helle Haar.

„Ich bekomm dich schon noch rum!" Julian gähnte herzhaft und streckte sich, bevor er sich wieder an Aidans Brust kuschelte. „Ich habe immer meinen Kopf durchsetzen können", flüsterte der junge Mann schlaftrunken.

„Träum schön, Strohkopf." Aidan küsste ihn liebevoll auf den Mund und blieb noch eine Weile bei ihm liegen, bevor er sich anzog und auf sein Zimmer ging.

„Nur von dir", hauchte Julian, als der Schlaf ihn übermannte.

„Jul, bis du das?" Aidan schreckte aus seinen Träumen auf, konnte aber nur einen Schatten vor sich erkennen. *Es muss Julian sein, wer sollte sich sonst in mein Zimmer schleichen?* Gerade hatte er von seinem Bruder, der ja nicht sein richtiger Bruder war, geträumt. In seinem Unterbewusstsein war Julian nie sein Bruder gewesen, nur so konnte es Aidan sich erklären, dass er derart intime Momente mit ihm erlebt hatte. Das Fesselspiel hatte Aidan dermaßen erregt, und in seinem Traum hatte er das Spiel wiederholt, immer und immer wieder ... Sollte Julian nicht auf der Stelle verschwinden – Aidan konnte für nichts mehr garantieren.

Er spürte einen Luftzug, als die Decke angehoben wurde und sich eine warme, nackte Person an ihn schmiegte. Sofort reagierte Aidans Körper darauf und seine Erektion wurde noch härter. Fast zeitgleich umschloss eine Hand den pochenden Schaft, um ihn kraftvoll zu massieren.

Stöhnend sank Aidan in seine Kissen zurück. „Jul, bitte, ahh …"

„Jul?", flüsterte eine tiefe Stimme, die er zuerst niemandem zuordnen konnte. „Ich bin es, Mylord, Henry."

Diese Erkenntnis schickte kalte Schauder über Aidans verschwitzten Körper und sofort versteifte er sich. „Was machst du hier, Henry?"

Aidan war wie gelähmt, als sich Henry auf ihn schob, um sich an seinem Körper zu reiben. „Ihr habt mir so gefehlt." Die Hände des Dieners waren überall, sein Mund leckte über Aidans Hals bis zu seinen Lippen herauf. „Ich wünschte, Ihr würdet mich ebenso begehren wie ich Euch."

Aidan ließen die Berührungen nicht kalt, da die Erinnerung an das Fesselspiel noch zu frisch war, deswegen sah er nur Julian vor Augen, als ihre Münder sich kurz trafen. Aber sofort drehte Aidan den Kopf zur Seite. „Geh, Henry, ich liebe dich schon lange nicht mehr. Wie kannst du es wagen, nach allem, was zwischen uns steht, noch Gefühle von mir zu erwarten?"

„Mylord", sagte Henry, „ich wollte Euch schon lange erklären, dass …" Plötzlich hörten beide Männer ein klickendes Geräusch. Sie verharrten still und blickten sich mit weit aufgerissenen Augen an, als eine Kerze den Raum erhellte. Deren Träger war kein anderer als Julian. Als dieser Henry sah, blieb er wie erstarrt stehen und schüttelte den Kopf. Julians Lippen bewegten sich, doch es kam kein Laut darüber.

„Julian!" Aidan erwachte zuerst aus der Trance, wobei er Henry von sich herunterdrückte. „Es ist nicht so, wie du denkst."

„Ja, das ist es nie", flüsterte Julian, bevor er wieder verschwand. Aber der gequälte Gesichtsausdruck hatte sich tief in Aidans Gedächtnis eingebrannt.

„Ihr und Euer Bruder?", fragte Henry sichtlich überrascht, als die Dunkelheit sie wieder einhüllte.

„Sei doch nicht verrückt, Henry!“ Aidan erkannte, was gerade in dem Kopf des Mannes vorging. Sein Herz raste und er hatte das dringende Bedürfnis, sich zu übergeben. *Lieber Gott, er darf nicht noch einen Grund finden, mir das Leben zur Hölle zu machen!*

Wie kann er mir das antun? Julian glaubte, er müsse sterben, so elend war ihm zumute. *Nach allem, was zwischen uns war ... Er schläft zuerst mit mir und dann holt er sich Henry ins Bett? Wie sehr ich mich in ihm getäuscht habe!* Von Verzweiflung getrieben, stolperte er blind durch die dunklen Straßen. Es musste weit nach Mitternacht sein und Julian fror. Aber nicht nur, weil er über seinem Nachthemd nur einen Mantel trug, denn eigentlich war es eine warme Sommernacht, sondern weil ihm eine grausame Kälte in die Eingeweide kroch, die aus seinem gebrochenen Herzen strömte.

Zuerst wollte er sich zum Friedhof aufmachen, wo seine richtige Mutter begraben war, aber dann erinnerte er sich an den echten Julian, der ebenfalls mit im Sarg lag. Julian fühlte sich fehl am Platz, nicht eins mit sich selbst. Er hätte jetzt jemanden zum Reden gebraucht – jemanden wie Aidan – doch der war ja nun anderweitig beschäftigt.

Erst als Julian bei dem Feld ankam, wo die Zigeuner ihr Lager aufgeschlagen hatten, blickte er auf. Unbewusst hatte es ihn hierher getrieben, zu Darius.

Julian ging auf das große Lagerfeuer zu, das die Wände der Wohnwagen flackernd beleuchtete, und grüßte die ihm vertrauten Personen, die zu dieser späten Stunde noch darumsaßen. Aber Darius befand sich nicht unter ihnen. Also stieg Julian kurzerhand in dessen Wohnwagen, wo er den jungen Mann schlafend vorfand. Seine schlanke Gestalt wurde sanft vom hereinfallenden Licht des Feuers erhellt. Jul zog sich aus und legte sich zu dem Zigeuner unter die Decke. Als er sich an dessen warmen, nackten Körper kuschelte, erwachte Darius.

„Julian?“, flüsterte er müde.

„Ja, ich bin es. Schlaf weiter.“

Aber Darius schien plötzlich hellwach zu sein. „Was ist

passiert?" Er drehte sich zu Julian herum und legte ihm eine Hand auf die Brust, bevor er fragte: „Aidan?"

Jul war nur noch fähig zu nicken, bevor die ersten Tränen hervorquollen. Liebevoll zog Darius ihn in seine Arme und hörte sich an, was geschehen war.

„Das kann ich kaum glauben", murmelte der Zigeuner an sein Ohr, während er ihm über den Rücken streichelte. „Ich habe die Liebe in den Augen deines Bruders gesehen."

„Er ist nicht mein Bruder." Und Julian erzählte auch diese Geschichte. Als er geendet hatte, herrschte eine Weile Schweigen zwischen den beiden Männern. Aber schon bald begann Darius, ihn zu küssen. Die warme Hand des Zigeuners fuhr an Julians Seiten entlang und über den Bauch bis hinunter zu seinem Geschlecht. Jul stöhnte, als Darius sanft zudrückte und seine Hoden streichelte.

„Wir müssen leise sein", warnte ihn der Jüngere flüsternd, was Julian sofort an Aidan und ihr Fesselspiel erinnerte. Am liebsten wollte er sich von Darius abwenden, doch der Zigeuner schien sehr erregt zu sein und Julian wollte ihn nicht enttäuschen. Also nahm Jul dessen Härte in die Hand, um sie ebenfalls zu massieren.

Kurze Zeit später kamen sie, aber Julian fand nicht die erhoffte Erfüllung, da er immer nur Aidan vor Augen sah, der mit Henry eng umschlungen im Bett gelegen hatte.

Darius schien zu bemerken, dass Julians Gedanken nicht ihm galten, dennoch spendete er ihm Trost.

„Du bist ein guter Freund, Darius."

„Doch du liebst mich nicht", erwiderte dieser. „Aber das ist in Ordnung. Ich weiß, dass du deinen Weg finden wirst, und den werden wir nicht gemeinsam beschreiten."

Ein unsanftes Rütteln an der Schulter riss Julian aus den Träumen. Im ersten Moment hatte er keine Ahnung, wo er sich befand. Er blickte in Aidans wütendes Gesicht, dann hörte er neben sich jemanden murmeln.

„Ich will nicht, dass du dich mit dem da vergnügst!", zischte Aidan leise, aber gefährlich, während er Julian seine Kleidung hinwarf.

Ein Sonnenstrahl, der durch eine geöffnete Luke fiel, blendete Julian, doch er blinzelte hinaus. Es schien früher Morgen zu sein, denn Nebel lag über den Feldern, und endlich wusste er auch, wo er sich befand.

Darius neben ihm hatte sich schon aufgesetzt und starrte Aidan mürrisch an.

„Ich weiß gar nicht, warum du dich so aufregst, Aidan, schließlich hast *du* dich vor meinen Augen mit Mutters Diener amüsiert!" Wütend schlüpfte er in sein Nachthemd und zog den Mantel darüber.

Aidan hatte den Blick starr auf seine Füße gerichtet. „Es ist nicht so, wie du denkst."

„Ach ja?", fuhr Julian ihn an, als er sich seine Schuhe zuband. „Hör auf mit deinen Lügengeschichten. Ich kann sie nicht mehr hören."

„Ach, du glaubst mir ja doch nicht." Aidan machte auf dem Absatz kehrt und bevor er den Wagen verließ, sagte er leise: „Ich warte an der Kutsche auf dich."

Julian wollte Darius gerade auf Wiedersehen sagen, als dieser seine Hand nahm. „Wir werden uns nicht mehr sehen, Julian. Morgen ziehen wir weiter."

Sie verabschiedeten sich herzlich voneinander und gaben sich Wünsche mit auf den Weg, dann ließ Julian seinen Freund Darius und die Wagenfestung hinter sich. Jul wusste, dass dieses Kapitel in seinem Leben nun abgeschlossen war, aber er hatte keine Ahnung, wie es weitergehen sollte.

Die gesamte Fahrt über sagte Aidan kein Wort und diese Situation kam Julian seltsam vertraut vor, nur dass *er* das letzte Mal der Schweigsame gewesen war.

Zuhause angekommen, ließ sich Jul von einem Angestellten ein Bad richten, aber diesmal kam Aidan nicht zu ihm. Dafür war Julian umso überraschter, als er später Henry in seinem Ankleidezimmer vorfand.

„Kann ich Euch behilflich sein?", fragte der Diener.

Julian runzelte die Stirn. Der ganze Haushalt wusste doch, dass er sich lieber alleine um sich kümmerte. Aber heute fühlte sich Julian erschöpft, weshalb er antwortete: „Ja, eine

Rasur wäre nicht schlecht.“ Vielleicht konnte er etwas über Aidans und Henrys Affäre erfahren, obwohl er dem Diener am liebsten an die Kehle gegangen wäre.

Er zog seinen Bademantel enger um die Taille und ließ sich in einen Sessel sinken. Dort legte er den Kopf zurück und schloss die Augen, während Henry die Rasierseife in seinem Gesicht verteilte. Julian fiel in einen leichten Schlummer; die Hitze des Wassers und das ständige Grübeln hatten ihn müde gemacht. So bemerkte er relativ spät, dass sich Henrys Hand in seinen Mantel schob. Erst als seine Brust sanft massiert wurde, kam er wieder in die Realität zurück. Henry war um einiges älter als Julian, aber nicht nur deswegen waren ihm seine Berührungen unangenehm. Jul war zutiefst entsetzt.

„Was soll das?“ Aufgebracht erhob er sich.

„Ich dachte nur, Euch könnte auch etwas an mir liegen, genau wie Eurem Bruder.“

Julians Herz raste. „Was?! Ich werde sofort meine Mutter benachrichtigen, damit du noch heute entlassen wirst!“

Einen kurzen Augenblick wirkte Henry schockiert, aber er fasste sich schnell und sagte: „Das würde ich an Eurer Stelle nicht tun, oder ganz London weiß morgen Bescheid, dass ich mit Eurem Bruder ein Verhältnis habe.“

„Du hast *was*?“ Julian hatte gedacht, Aidan hätte sich nur kurz mit Henry vergnügt, aber ein Verhältnis ... Das bedeutete, dass Henry und Aidan schon länger miteinander vertraut waren.

„Oh ja, schon sehr lange“, bestätigte Henry seine Befürchtungen. „Hat er es Euch nicht erzählt?“

Vor Julians Augen begann die Welt zu verschwimmen. Nur mit Mühe konnte er aufrecht stehen bleiben, denn er wollte sich vor dem Diener keine Blöße geben.

„Nein, natürlich hat er es nicht, er hat Euch benutzt, nicht wahr? Der Viscount ist verdorben, durch und durch.“

Das hat Aidan auch von sich behauptet, schoss es Julian durch den Kopf. *Nein, eigentlich habe ich es zuerst gesagt.* Er erinnerte sich an die Szene am Waldsee und Aidans traurigen Blick. *Er ist mit Henry zusammen ... Deswegen weist er mich ständig ab.* Jetzt wurde ihm einiges klar.

„Verlass sofort mein Zimmer!“, herrschte er den Diener an.

Dieser ging siegessicher grinsend aus dem Raum und als er die Tür hinter sich zuzog, ließ sich Julian in sein Bett fallen, allein gelassen mit seinem Schmerz.

Nach einer unendlich langen und sehr einsamen Nacht suchte Julian Aidan auf. Als er ohne anzuklopfen dessen Zimmer betrat, standen die gepackten Koffer schon um Aidans Bett. Er selbst war gerade dabei, noch ein paar persönliche Dinge zu verstauen.

Sichtlich überrascht drehte sich der Ältere um. „Ich hatte schon befürchtet, du würdest dich nicht von mir verabsch..."

Noch bevor er zu Ende sprechen konnte, holte Julian aus und verpasste Aidan eine Ohrfeige. Dieser riss die Augen auf, sagte aber nichts. Zornentbrannt herrschte Julian ihn an: „Wie lange geht das schon mit dir und Mutters Diener?"

Julian konnte sehr gut beobachten, wie sämtliche Farbe aus Aidans Gesicht wich. „Ich habe gewusst, dass ich dieses Gespräch noch mit dir führen muss." Aidan ging zur Zimmertür und lugte hinaus, dann schloss er sie ab. Ohne sich zu Julian umzudrehen, flüsterte er: „Es ist schon viele Jahre her, da hatte ich tatsächlich eine Beziehung zu ihm. Er war mein erster Liebhaber."

Julians Innerstes zog sich schmerzhaft zusammen. Er musste sich aufs Bett hocken, denn die Wahrheit aus Aidans Mund setzte ihm noch viel mehr zu als Henrys Geständnis.

Julian hörte sich die ganze Geschichte stillschweigend an, wie Aidan eine heiße Affäre mit Henry hatte, als er noch zuhause wohnte. Doch als er die Beziehung beenden wollte, nachdem er Viscount geworden war und Henry auch nicht mehr liebte, wurde er von ihm erpresst.

Julian ging einfach das Bild nicht aus dem Kopf, wie er Henry und Aidan überrascht hatte. „Lüg mich doch nicht an, ich weiß, was ich gesehen habe!"

„Verdammt, Jul, du musst mir glauben, er erpresst mich schon seit Jahren! Ich hatte nichts mehr mit ihm, seit ich auf den Landsitz gezogen bin. Er hat einfach versucht, mich zurückzugewinnen." Aidan ließ ein tiefes Seufzen hören. „Jetzt weißt du, warum ich nicht mehr in London war, seit ich Viscount bin, weil ich genau das befürchtet hatte."

Er setzte sich neben Julian auf das Bett und stützte seine Ellbogen auf den Knien ab. „Deswegen reise ich auch schon wieder ab. Ich kann Henrys Anblick nicht länger ertragen. Ständig lebe ich mit der Angst, dass er es eines Tages jemandem erzählt. Dann bin ich erledigt, Jul. Dann sind wir alle ruiniert."

Julian legte einen Arm um Aidan, als dieser den Kopf in seine Hände legte. „Er weiß das von uns, Aidan."

Der Ältere sah ihn traurig an und griff nach Julians Hand. „Es tut mir leid, ich wollte dich da niemals mit hineinziehen."

„Ich habe so eine Wut auf Henry Payne, am liebsten möchte ich seinen Kadaver in der Themse versenken! Du hättest dich nie auf ihn einlassen dürfen."

„Ich war jung und verliebt. Ich wollte es damals."

„Was er dir angetan hat ... Ich werde dich rächen, das schwöre ich dir!"

„Hey, Jul!" Aidan legte eine Hand an seine Wange und zog ihn sanft lächelnd zu sich. „Er ist es nicht wert."

Sofort war Henry vergessen. Julian verlor sich in den blauen Tiefen von Aidans Augen, und ein Kribbeln durchlief seinen Körper. *Du bist alles für mich, Aidan, ich liebe dich so sehr,* dachte er, bevor er sich nach vorne beugte und den Älteren küsste.

Aidan stöhnte in seinen Mund. Er drückte Julian auf die Matratze, um sich auf ihn zu legen.

„Ich muss gleich fahren, Jul."

„Bitte bleib doch."

„Es ist zu gefährlich. Ich muss tun, was für meine Familie am besten ist. Und gerade jetzt, wo ..." Aidan keuchte auf, als Julian mit der Hand in seine Hose fuhr. „Wir müssen vorsichtig sein!"

Als Julian das noch weiche Glied streichelte, ließ sich Aidan auf das Bett zurückfallen und zog Jul mit sich. Unter stürmischen Küssen stimulierten sie sich gegenseitig mit der Hand, ohne sich zu entkleiden.

Julian erregte es, wenn Aidans große Hand ihn in seinem Griff hatte. „Warum können wir uns einfach nicht beherrschen, wenn wir zusammen sind?“

„Ich ... weiß es .. nicht“, keuchte Aidan, als er sich in Julians Hand ergoss.

Aber ich weiß es, dachte Julian, als er ebenfalls kam.

Die Männer säuberten sich mit ihren Taschentüchern, bevor sie aus dem Bett stiegen.

„Ich muss jetzt los“, sagte Aidan und stopfte sich sein Hemd zurück in die Hose.

Auch Julian richtete seine Kleidung. „Vielleicht komme ich dich ja mal wieder besuchen.“

„Lieber nicht, Strohkopf.“ Liebevoll fuhr ihm Aidan durch das wirre Haar, um es zu glätten. Es sah so aus, als ob er Julian noch einmal küssen wollte, aber der Ältere drehte den Kopf weg. „Wir wissen doch beide, dass wir nicht zusammen sein dürfen, gerade jetzt, wo Henry über uns Bescheid weiß. Wir sind sowieso viel zu unvorsichtig.“

„Aber ...“

„Zieh dich ordentlich an“, murmelte der Viscount. „Das Personal wird gleich das Gepäck holen.“

„Du wirst mir fehlen, Aidan“, flüsterte Julian mit erstickter Stimme.

Aidan stand nun mit dem Rücken zu ihm vor der Tür und sperrte sie auf. Ohne sich noch einmal umzudrehen, sagte er: „Du mir auch. Lebe wohl“, und verließ den Raum.

Julian unterdrückte den Wunsch, Aidan hinterherzulaufen und ihn noch einmal zu küssen, also wartete er, bis die Taschen und Koffer abgeholt wurden und er sich sicher war, dass Aidan seine Kutsche bestiegen hatte. Dann verließ Julian das Zimmer und machte sich auf die Suche nach Henry Payne. Jetzt würde er mit dem Diener abrechnen.

„Mutter, was machst du denn hier?“, fragte Aidan perplex, als er in der Eingangshalle von Shevington Manor beinahe mit Lady Cathérine zusammenstieß.

Wexcomb, der ihm die Reithandschuhe und den Mantel abnahm, sagte: „Ich wollte Euch gerade über die Ankunft von Lady Cathérine informieren, Mylord.“

Seine Mutter taxierte ihn mit hochgezogenen Brauen und machte einen Schritt zur Seite, da Prince an ihrem Kleid schnüffelte. Aber der Hund zeigte kein Interesse an der Dame, weil er genau wusste, dass er von ihr keine Aufmerksamkeit geschenkt bekäme.

„Was ist denn das für eine Begrüßung? Hast du meinen Brief nicht bekommen, Junge?" Auffordernd hielt Lady Cathérine ihrem Sohn die Wange hin, auf die Aidan sofort einen sanften Kuss hauchte.

„Ich weiß nicht, ich war für vier Tage verreist." Aidan hatte nichts zuhause gehalten, wo ihn so vieles an Julian erinnerte. Deshalb hatte er kurzerhand das Angebot eines ehemaligen Studienkollegen angenommen, ihn für ein paar Tage zu besuchen.

„Ähem", räusperte sich der alte Diener und reichte Aidan ein Schriftstück. „Der besagte Brief, Mylord."

Aidan nahm ihn entgegen, ohne das Siegel aufzubrechen; seine Mutter klärte ihn ohnehin gerade auf. Wexcomb verbeugte sich und zog sich diskret ein Stück zurück.

„Auf Anraten meines Arztes werde ich zwei Monate hierbleiben, Aidan. Doktor Iddlesleigh meinte, die Landluft bekäme meiner Lunge besser."

Seiner Mutter den Arm reichend, gingen die beiden die Treppen hinauf in den großen Salon, wo schon Erfrischungen für sie bereitstanden. „Dann ist Marianne bestimmt mit dir gekommen?", fragte Aidan, um etwas Konversation zu betreiben. In Wahrheit suchte er nur nach einer passenden Gelegenheit, um sie unauffällig über Julian auszufragen. Er vermisste ihn unendlich.

Lady Cathérine setzte sich in einen großen Sessel, und sie ließen sich von Wexcomb Tee einschenken. Dankend nahm Aidan die Tasse entgegen, wobei er sich seiner Mutter gegenüber auf einem Sofa niederließ. Zuvor steckte er sich allerdings noch einen von Ellens köstlichen Keksen in den Mund und schob auch Prince heimlich einen zu. Der schwarze Retriever lag zu seinen Füßen, möglichst weit weg von Lady Cathérine. Die beiden waren sich nicht sonderlich sympathisch.

Nachdem sich der Diener an seinen angestammten Platz weiter hinten im Raum zurückgezogen hatte, sagte seine

Mutter: „Ja, natürlich ist Mary mitgekommen. Julian zeigt ihr gerade ..."

„Julian ist auch hier?" Überrascht sog Aidan die Luft ein und bekam auch prompt einen Krümel in die falsche Röhre.

„Natürlich. Meinst du etwa, ich lasse den Bengel alleine in London?" Seine Mutter blickte ihn mit großen Augen an, während sich Aidan die Seele aus dem Leib hustete. „Soll ich dir auf den Rücken klopfen?"

„Nein danke, geht schon wieder", meinte er rau und räusperte sich mehrmals. Prince war aufgesprungen und hatte seine Pfoten auf Aidans Oberschenkel gelegt, so, als wolle er seinem Herrchen helfen. Aber nachdem der Retriever merkte, dass er hier nicht viel ausrichten konnte, trottete er zur Tür. Aidan gab Wexcomb, der während des Anfalls neben ihn getreten war, mit einer Handbewegung zu verstehen, dass er den Hund nach draußen begleiten sollte.

Nun waren Aidan und seine Mutter alleine im Salon.

Nachdem der Husten nachgelassen hatte, nahm Aidan einen großen Schluck Tee und tupfte sich die tränenden Augen mit seinem Taschentuch ab. „Er ist ein erwachsener Mann, Mutter, er kommt schon klar."

„Damit er wieder bei den Zigeunern rumlungert? Nichts da, ich muss ein Auge auf ihn haben, damit er nicht vollends auf die schiefe Bahn gerät. Nachdem er jetzt auch noch erfahren hat, wer er wirklich ist, sorge ich mich umso mehr."

„Wen hast du denn sonst noch mitgebracht?", wechselte Aidan schnell das Thema, ohne eine Antwort zu erwarten, denn er wollte jetzt nicht daran erinnert werden, wie sich Julian mit diesem Darius vergnügt hatte. Er sah diese Bilder oft genug vor Augen, besonders aber vor dem Einschlafen. Doch Lady Cathérines Worte ließen ihn erstarren: „Na, meinen Diener Henry natürlich. Ohne ihn verlasse ich niemals London, das müsstest du doch wissen."

„Henry?" Aidan wurde es zu heiß in seinem Frack. Er lockerte das Krawattentuch, weil er glaubte, zu wenig Luft zu bekommen.

„Keine Sorge, Aidan, er wird Wexcomb nicht in die Quere kommen. Henry ist allein für meine Bedürfnisse hier. Im Moment lässt er mir gerade ein Bad ein. Die Reise war sehr beschwerlich."

Sie lehnte sich in ihrem Sessel zurück und legte die Beine auf einen gepolsterten Hocker. „Du weißt ja, dass ich kein Landmensch bin, aber ich denke, dass der Vorschlag meines Arztes genau zur rechten Zeit kam. Schließlich steht mein Geburtstag kurz bevor und wo ließe sich der besser feiern als auf Shevington Manor! Du hast doch sicher nichts dagegen, oder, Aidan?" Erwartungsvoll klimperte sie mit den Wimpern.

„Natürlich nicht, Mutter."

Sofort fing sie an zu erzählen, unter welchem Motto die Feier stattfinden sollte und wen sie alles einladen wollte. „Es gibt noch so viel zu tun und mir bleiben nur noch ein paar Wochen!"

Aidan hörte jedoch nur mit halbem Ohr zu. *Henry ist hier, in meinem Haus!* Plötzlich war ihm die Kehle ganz trocken geworden und die Zunge klebte ihm am Gaumen. *Und Julian, dieser Verführer, wohnt ebenfalls unter meinem Dach ... Kann es noch schlimmer kommen?*

Da wurde die Türe aufgerissen, und Julian sowie Marianne polterten lachend herein.

„Kinder, benehmt euch!", schalt Lady Cathérine halbherzig, bevor sie nach dem Gebäck griff. „Ihr wart in der Kutsche schon so albern, ich brauche jetzt dringend Ruhe, immerhin soll ich mich hier erholen."

Während sich Aidan und Julian in die Augen blickten, schien die Zeit stillzustehen. Aidan nahm kaum wahr, was um ihn herum geschah. Er bemerkte es fast nicht, als Mary ihn begrüßte und sich anschließend Tee einschenkte und auch Julian eine Tasse reichte. Sein Herz klopfte ihm bis in die Ohren. *Jul ... du siehst atemberaubend aus.* Der jüngere Mann grinste ihn dümmlich an. Er gab Aidan die Hand und sie berührten sich länger als üblich. Julians strohblondes Haar stand, wie so oft, wirr in alle Richtungen – wahrscheinlich waren er und Mary durch das Haus getobt, wie sie es als Kinder gern getan hatten. Julians Wangen waren leicht gerötet. Er warf sich neben ihn auf das schmale Sofa, sodass sie dicht beieinander saßen. Ihre Oberschenkel berührten sich, ebenso ihre Arme, doch das schien Julian nicht im Mindesten zu stören. Wie zufällig stützte er sich auf Aidans Knie ab, während er sich nach vorne beugte, um sich einen Keks zu nehmen. Als er sich wieder zurücklehnte, schien er noch näher bei ihm zu sein, was Aidans Selbstbeherrschung einiges abverlangte. Er spürte die Wärme, die Julians Körper abgab, und Aidan konnte seinen angenehmen Duft riechen. *Ich muss standhaft bleiben!*, schalt er sich, aber etwas ganz anderes war soeben dabei, tatsächlich sehr standfest zu werden.

„Entschuldigt mich, ich habe noch viel zu erledigen. Während meiner Abwesenheit ist einiges liegen geblieben", sagte er plötzlich. Sogleich erhob er sich und marschierte auf die Tür zu.

„Kann ich dir irgendwie helfen?", fragte Julian mit Unschuldsblick. Ihm war seine Erregung anscheinend nicht entgangen, die Aidan jetzt hinter der hohen Lehne von Lady Cathérines Sessel verbarg.

Bitte stell mir doch nicht so eine Frage!, dachte sich Aidan, als er Julian ansah. „Äh ..."

„Ja? Na dann", der Jüngere erhob sich ebenfalls, „ich komme mit. Mutter braucht ihre Ruhe, und ich muss dir sowieso noch was erzählen."

Aidan lief wie ein Eilbote die Treppen hinunter. „Wo willst du hin?", rief ihm Julian hinterher, der anscheinend Mühe hatte, ihm zu folgen.

„Weinkeller", keuchte er nur. Als Aidan die Tür erreicht hatte, die in den kühlen Keller führte, schubste er Julian förmlich durch den Rahmen und schloss dann die Tür ab.

Nachdem er eine Öllampe entzündet hatte, liefen sie gemeinsam die kalten Steintreppen nach unten. Dort drückte er den jungen Mann gegen ein Fass und küsste ihn stürmisch. *Ich habe dich so vermisst, Jul,* dachte Aidan mit rasendem Herzen.

Die beiden begannen sofort, sich ihre Hemden abzustreifen, wobei sie sich weiterhin küssten. Eine Gänsehaut breitete sich auf ihren Oberkörpern aus, da es unangenehm kühl in den Gewölben war, dennoch schien Aidan die Glut zu verbrennen, die allein Julians Anblick tief in ihm schürte.

Hektisch öffneten beide ihre Hosen, ohne sie auszuziehen, und drängten sich eng aneinander.

„Dreh dich um", befahl Aidan rau. Der Jüngere gehorchte sofort und beugte sich über das Fass.

Aidan drückte Julians Pobacken auseinander und vergrub seine Nase tief in der Spalte. Seine Zunge schnellte hervor, um an dem erregenden Loch zu lecken, das bei seinen Berührungen zuckte. *Wie gut er dort riecht, ich kann einfach nicht genug von ihm bekommen*, durchfuhr es Aidan.

Mit flinken Zungenschlägen reizte er die Stelle mit dem männlich-herben Duft, bis er reichlich Speichel darauf verteilt hatte. Dann richtete er sich auf.

Verzeih mir. Aidan fühlte sich schlecht dabei, aber er konnte dem Jüngeren einfach nicht widerstehen. Mit einem festen Stoß drang er in Julian ein. Diesem entfuhr ein kehliger Laut, der Aidans Lust nur mehr anstachelte. Immer schneller stieß er in seinen Vordermann, den er zusätzlich mit seiner Hand verwöhnte, bis er sich in ihn ergoss.

Auch Julian kam sehr schnell und Aidan konnte dessen Enttäuschung beinahe greifen, als er sich von ihm löste und sich wegdrehte. Schweigend zogen sich beide an. In Aidans Kopf wirbelten die Gedanken wild durcheinander. Er wollte Julian im Arm halten, wollte ihn streicheln und küssen, aber dann gäbe es kein Zurück mehr. Schon jetzt hatte er sein Herz an den jungen Mann verloren, er durfte nicht auch noch sein Leben und das seiner Familie aufs Spiel setzen.

Während Aidan die Steintreppen nach oben stieg, knöpfte er sich das Krawattentuch.

„Wird das jetzt immer so weitergehen zwischen uns?“, rief ihm Julian hinterher. „Du stillst deine Lust und lässt mich dann stehen?“

Ein Stich durchfuhr Aidans Brust. Er zwang sich dazu, sich herumzudrehen, um Julian in die Augen zu sehen. „Ich bin gerade sehr durcheinander.“ Es lag nicht nur an Julian, sondern vor allem an Henry.

„Das bin ich auch, Aidan! Doch ich will nicht immer nur von dir benutzt werden. Ich habe auch Gefühle, verstehst du!“

„Du hättest nicht herkommen sollen, Jul. Fahr besser wieder nach London“, sagte Aidan leise, der Jüngere schien es jedoch gehört zu haben, denn er murmelte etwas Unverständliches als Antwort.

Als Aidan die Tür aufschloss, sah er noch, wie Julian eine Flasche seines bestens Weins aus dem Regal zog.

Nach dem Überfall auf Julian hatte sich Aidan vorgenommen, vor dem Abendessen mit seiner Schwester im Garten spazieren zu gehen. Er musste Henry entkommen, der ihn immer so intensiv musterte, als wolle er ihm etwas mitteilen. Aidan wusste genau, was es war: Der Diener suchte nur einen günstigen Augenblick, um mit ihm allein zu sein. Er wollte sicherlich noch mehr Geld von Aidan.

Zudem plagte ihn das Gewissen. Er behandelte Julian wie einen Gegenstand, den er benutzte, wann und wie es ihm beliebte. Das musste endlich aufhören! Aber Aidan hatte keine Ahnung, wie er das bewerkstelligen sollte.

Reuevoll betrachtete er die tiefstehende Sonne, während sein Hund Prince übermütig vor ihm herumsprang. *Wenigstens einer in der Familie, der keine Sorgen hat,* dachte Aidan. Er schielte zu Marianne, die sich bei ihm eingehakt hatte. Auch sie sah nicht gerade glücklich aus.

Sie betraten einen mit Efeu umrankten Pavillon, in dem sich Marianne seufzend auf der Sitzbank niederließ. Prince wartete, bis sich Aidan ebenfalls gesetzt hatte, bevor er sich auf dessen Füße legte.

„Fühlst du dich nicht wohl, Mary?“, fragte Aidan. Ihm war aufgefallen, dass seine Schwester außerordentlich blass und ruhig war. So kannte er sie überhaupt nicht.

„Ach, Aidan, es gibt da etwas, worüber ich gerne mit dir sprechen möchte. Es ist etwas geschehen, das mich gerade zutiefst verwirrt.“

Wenigstens mit diesem Gefühl schien er nicht allein zu sein. Aidan rückte näher zu ihr und ergriff ihre Hand. „Wie kann ich dir helfen? Um was geht es?“

„Es geht um einen jungen Mann.“

„Marianne!“ Sofort wurde er hellhörig. Auch Prince war bei der Lautstärke aufgefahren, aber sobald er erkannte, dass sich der Ausruf nicht auf ihn bezogen und er sich absolut nichts zuschulden hatte kommen lassen, rollte er sich wieder auf dem Boden zusammen. Dieses Mal jedoch zu Mariannes Füßen.

„Hat sich dir jemand unschicklich genähert?“ Die Familie

Shevington konnte unmöglich noch einen weiteren, potentiellen Skandal gebrauchen.

„Oh nein, William ist der zuvorkommendste Gentleman den ich kenne!" Sichtlich nervös starrte Marianne auf ihre Hände, die sie tief in den Falten ihres Kleides vergraben hatte.

„William?"

„William Lloyd", sagte sie schnell. „Auf dieser Wohltätigkeitsveranstaltung vor zwei Monaten sind wir uns das erste Mal begegnet. Ich weiß nicht, wie es passieren konnte, aber wir haben uns nur angesehen, und dann ... Oh, Aidan, wir haben uns ineinander verliebt."

„Lloyd ...", murmelte Aidan. Dieser Name sagte ihm etwas, doch er kam im Moment nicht drauf. „Und Mutter?"

„Sie weiß von nichts. Ich habe sie scheinheilig gefragt, was sie von ihm hält, nachdem er mit mir tanzte. Du hättest ihren Gesichtsausdruck sehen sollen! Sie wird ihn niemals akzeptieren, denn er ist der Sohn eines Geschäftsmanns."

Ein herzzerreißender Seufzer fand den Weg aus ihrer Brust, bevor sie weitersprach: „Wir schreiben uns heimlich Briefe. Payne fängt sie ab und schmuggelt sie in mein Zimmer."

Aidan versteifte sich. „Henry Payne?"

„Ja, Mutters Diener. Deswegen ist er auch mitgekommen, oder besser gesagt: Ich konnte Mutter dazu überreden, was ja nicht weiter schwer war, sie verlässt ohne ihn sowieso kaum das Haus. William schreibt mir täglich."

Henry ... Die Erinnerung an seinen ehemaligen Liebhaber verursachte Aidan Magenzwicken. Sofort lenkte er die Aufmerksamkeit wieder auf das Gespräch mit seiner Schwester. „Vielleicht solltest du besser mit Mutter darüber reden, womöglich ändert sie ihre Meinung."

„Ach, du kennst sie doch! Sie hat sich längst festgelegt."

Aidan starrte sie gespannt an. „Wer ist es, los, sag schon?"

Mariannes blutleeres Gesicht wurde noch weißer. „Lord Allington."

„Allington?" Aidan überlegte, was er über diesen Mann wusste, außer, dass er sehr reich war. *Er hat einen unwahrscheinlichen Verschleiß an Mätressen.* Aus den Augenwinkeln beobachtete er seine Schwester, die sich mit einem Taschentuch die Lider abtupfte. *Nein, so ein Mann ist nichts für Mary.*

„Aidan, bitte hilf mir! Lord Allington ist uralt! Er könnte mein Vater sein!“, flehte sie ihn an.

Jetzt entwich auch Aidan ein Seufzen. „Man kann nicht immer den bekommen, den man liebt, aber du kannst dafür kämpfen.“ *So wie Julian um mich kämpft?*

„Kämpfen? Nur eine noch bessere Partie könnte Mutter dazu bewegen, ihre Meinung zu ändern. Leider zählt William da überhaupt nicht dazu.“ Marianne blickte ihn so verzweifelt an, dass es Aidan ganz schwer ums Herz wurde.

„Na gut, ich werde mit ihr reden.“ Selbst Aidan wollte nicht, dass Allington, dieser Casanova, sein Schwager wurde.

Jauchzend fiel ihm seine Schwester um den Hals und drückte ihm einen Kuss auf die Wange. „Ich danke dir, lieber Bruder!“

Aidan, der solche Liebkosungen von Marianne nicht gewohnt war, drückte sie sanft von sich und lächelte sie schief an. „Oh, plötzlich bin ich der liebe Bruder.“

„Du warst schon immer mein Lieblingsbruder“, erwiderte sie frech.

„Ich erinnere mich da an ein kleines Mädchen, das mir Frösche unter die Bettdecke gesteckt hat.“

„Ach, Aidan!“, rief sie gespielt empört. „Das muss eine andere Mary gewesen sein.“

Bevor sie aus dem Pavillon schlenderten, sagte sie noch schnell: „Und du musst unbedingt dafür sorgen, dass Williams Name mit auf die Gästeliste kommt.“

„Zu Befehl, Ma'am“, seufzte Aidan. Er folgte ihr hinaus in den dämmrigen Garten, wobei er seine Schwester ein wenig beneidete, weil sie ihm von ihren Sorgen berichten konnte. Wie gerne wollte er auch mit jemandem über sein Innenleben sprechen, aber dazu war seine unschuldige Schwester die wohl denkbar ungeeignetste Person.

„Wo bleibt nur dieser Junge?“ Lady Cathérine tupfte sich den Mund mit einer Serviette ab, bevor sie Henry heranwinkte, der neben Wexcomb an der Salontür stand. „Sieh doch mal nach, wo er bleibt.“

Aidan erhob sich so schnell von seinem Platz, dass der Stuhl beinahe umgekippt wäre. „Ich gehe, Mutter. Ich habe heute Abend sowieso keinen rechten Appetit." Aidan war froh, endlich einen Grund gefunden zu haben, diese bedrückende Runde zu verlassen. Seine Mutter hatte anscheinend schlechte Laune, weil sie noch kein Motto für ihren Geburtstagsball gefunden hatte, und Mary stocherte nur schweigend in ihrem Essen.

Als er die Stufen nach oben schritt, wo Julians Zimmer lag, nahm Aidan sich vor, sich bei ihm zu entschuldigen. Er hätte ihn im Weinkeller nicht so stehen lassen dürfen.

Auf sein Klopfen bekam er keine Antwort, also trat er einfach ein. Schon als er die Zimmertür öffnete, schlug ihm ein süßlicher Duft entgegen. Julian lag schräg in einem großen Sessel und schien zu schlafen. Aidan konnte seine Silhouette gerade noch ausmachen, denn draußen war es beinahe dunkel. Schnell zündete Aidan die Kerze auf dem Nachttisch an und wandte sich dann wieder an Julian.

Beim Näherkommen sah er die Weinflasche, die vor dem Sessel am Boden stand. Sie war leer. „Meine Güte, Jul, du weißt doch, dass du nichts verträgst!"

Schon war Aidan bei dem Jüngeren, doch dieser rührte sich nicht. Sein Gesicht war fleckig, die Wangen erhitzt.

„Julian!" Aidan versuchte ihn wachzurütteln, aber Julian lallte nur unzusammenhängende Worte, bevor ihm sein Kopf auf die Schulter fiel.

Aidans schlechtes Gewissen wuchs ins Unendliche. „Du dummer Kerl, hast du dich wegen mir vollaufen lassen?" Er schob seine Arme unter den jungen Mann und trug ihn ins Bett. „Ich bin das doch nicht wert."

Aidan zog ihm die Schuhe aus und anschließend die Hose. Er schälte Julian aus seiner Weste, bis er nur noch mit dem Hemd bekleidet auf der Matratze lag.

Vorsorglich holte er den Nachttopf unter dem Bett hervor, falls Julian sich übergeben musste. „Morgen wird es dir verdammt schlecht gehen, Strohkopf." Aidan zog ihm die Decke bis zum Kinn hinauf und gab Julian einen Kuss auf die Stirn.

„Ich werde in einem günstigen Augenblick Mutter davon überzeugen, dich wieder nach London zu schicken. Dort suchst du dir eine hübsche Braut aus. Vielleicht ist es dazu noch nicht zu spät ..."

Aidan zog die Vorhänge zu und nahm die Weinflasche an sich. Bevor er aus dem Zimmer ging und die Kerze löschte, sagte er leise: „Ich liebe dich, Strohkopf."

„Kannst du nicht ein gutes Wort bei Aidan einlegen, Mutter?", fragte Julian, wobei er sich über die Stirn rieb. Seine Kopfschmerzen waren einem dumpfen Pochen gewichen, doch dank Ellens Spezialtee fühlte er sich soweit ganz gut.

Überrascht blickte Lady Cathérine von ihrem Teller auf. Außer zwei Angestellten waren sie bis jetzt die einzigen Personen im Speisezimmer. Aidan und Marianne waren spazieren gegangen, wie Henry ihnen mitgeteilt hatte.

Henry ... Aidan kennt immer noch nicht die Wahrheit!, durchfuhr es Julian, doch seine Gedankengänge wurden sofort von der Neugier seiner Mutter unterbrochen: „In welcher Angelegenheit soll ich bei Aidan ein gutes Wort einlegen?"

„Na ja, ich weiß, dass ich dir in letzter Zeit Kummer bereitet habe ..."

Mit einer Handbewegung bedeutete sie Jul, über dieses Thema zu schweigen. Anscheinend hatte sie verstanden, worauf ihr Gespräch hinauslief. Sie steckte sich eine Gabel mit einem saftigen Stück Fleisch in den Mund und forderte Julian dann damit auf weiterzusprechen. Immer wieder warf er dabei einen Blick auf die Tür, denn er wusste nicht, wie lange sie noch allein waren. Es war nicht Aidans Art, sich zu verspäten, doch das kam ihm nun sehr gelegen. Gestern, als Aidan ihn in dem angetrunkenen Zustand gefunden hatte, war er kaum noch Herr über seinen Körper gewesen. Dennoch hatte er gehört, was Aidan zu ihm gesagt hatte, denn er hatte seine Bewusstlosigkeit nur vorgetäuscht. Außerdem hatte Julian bemerkt, dass zwischen ihnen das letzte Wort noch nicht gesprochen war.

„Ich würde gerne auf dem Land bleiben", fuhr er unschuldig fort und in einem etwas leiseren Ton meinte er: „Hier komme ich sicher nicht auf so verrückte Gedanken wie in London. Ich könnte Aidan behilflich sein, er scheint sehr viel zu tun zu haben. Er setzt sich sehr für die Pächter ein und unterstützt sie, wo er nur kann. Ich denke, von ihm könnte ich viel lernen." Ungeduldig wippten seine Füße unter dem Tisch auf und ab. Er hoffte, dass er seine Mutter überzeugen konnte, denn in Wahrheit hatte Julian keine Ahnung, was Aidan tatsächlich den ganzen Tag machte.

Eine Weile blickte Lady Cathérine ihn stillschweigend und mit hochgezogenen Augenbrauen an, bevor ein Lächeln über ihr Gesicht huschte. „Ich finde, das ist eine ganz ausgezeichnete Idee!"

„Was ist eine ausgezeichnete Idee?" In diesem Moment traten Aidan und Marianne in das Zimmer. Die Wangen der jungen Frau waren gerötet von der frischen Luft und sie atmete etwas schneller. Scheinbar hatten sie sich beeilt.

Als Julian seinen Liebsten erblickte, der in seinem neuen Frack und den eng anliegenden, hellen Breeches einfach zum Anbeißen aussah, strahlte er bis über beide Ohren. „Ich werde auf Shevington Manor bleiben!"

„Was!?" Sofort verdüsterte sich Aidans Gesicht.

„Bei dir ist er in guten Händen, Mylord." Lady Cathérine hatte wohl sofort bemerkt, dass ihr Erstgeborener das für keine gute Idee hielt. Julian wusste natürlich, dass seit Vaters Tod Aidan das Sagen hatte, doch seiner Mutter hatte der Älteste noch nie einen Wunsch abschlagen können.

Lady Cathérine griff nach Aidans Hand, als dieser sich neben sie an den Tisch stellte, und flüsterte: „Du wirst ihn zu einem anständigen Mann erziehen, ich bin mit meinem Latein am Ende." Sie sah ihn dabei so unschuldig an, wie es Julian soeben bei ihr getan hatte. Jul konnte sich gerade noch beherrschen, nicht in schallendes Gelächter auszubrechen. Um sich abzulenken, griff er nach seinem Glas und verschluckte sich prompt an dem Wein.

Aidan schenkte ihm einen Blick, der Jul sofort sagte, dass er ihn durchschaut hatte. „In mein Arbeitszimmer, sofort!", donnerte er über den Tisch, sodass selbst die Diener zusammenzuckten. Sie waren solche Wutausbrüche von ihrem Herrn offensichtlich nicht gewöhnt und selbst Lady Cathérine schien erstaunt über die Reaktion ihres Sohnes. „Aidan! Ich hätte nicht gedacht, dass du etwas dagegen haben könntest.“

„Ist gut, Mutter, ich regle das mit Julian alleine.“ Er zog den Jüngeren am Arm mit sich zur Tür hinaus und die Treppen nach oben. Erst in seinem Salon ließ er ihn los. „Wie kannst du es wagen, hinter meinem Rücken zu Mutter zu gehen, um ihr solch einen Unfug einzureden? Es ist auch so schon schwer genug für mich, dir zu widerstehen!“ Aidan stellte sich vor den Kamin und schenkte sich etwas Brandy ein, den er anscheinend dringend nötig hatte. Wie in ihrer ersten Nacht stand die Karaffe mit der bernsteinfarbenen Flüssigkeit auf einem kleinen Beistelltisch neben den Ledersesseln. „Magst du auch einen?“, fragte Aidan mürrisch, ohne Julian anzublicken.

„Gerne.“ Julian kam neben ihn und nahm ihm das Glas ab. „Hier hat alles angefangen, weißt du noch, Aidan?“

„Wie könnte ich das jemals vergessen“, brummte der Ältere, bevor er den Brandy herunterkippte. Dann schenkte er sich nach und starrte scheinbar gedankenverloren auf die kalte Asche im Kamin.

Langsam schlich sich Jul neben ihn. Er griff nach Aidans linker Hand, die schlaff an seiner Seite herabhing, um seine Finger mit denen seines Liebhabers zu verschränken. „Hier bekam ich meinen ersten Kuss“, flüsterte Jul ihm ins Ohr. „Von dir.“ Er stellte sein Glas auf den Kaminsims und legte seine freie Hand an Aidans Wange. „Ich hatte mich sofort in dich verliebt.“

„Jul, hör endlich auf damit!“ Aidan schleuderte das leere Glas in den dunklen Kamin, aber Julian ließ nicht locker: „Du kannst ebenso wenig ohne mich sein, wie ich ohne dich.“

Von hinten legte er die Arme um Aidans breiten Oberkörper und lehnte sich an ihn, während seine Hände an dem flachen Bauch herabtasteten und unter den Hosenbund fuhren. Aidans nacktes, weiches Glied schmiegte sich an seine Finger, und sofort begann Jul es zu massieren. Es dauerte nicht lange, da schwoll es zu beachtlicher Größe an. Julian spürte, wie Aidan mit sich kämpfte und versuchte, seine Leidenschaft zu unterdrücken, was ihn nur noch mehr anstachelte. Er nahm die andere Hand dazu, um die Hoden durch die Finger gleiten zu lassen. Sie fühlten sich dick und schwer an, und Julian rieb seinen Unterleib fester an Aidan, da sein eigenes Geschlecht bereits steinhart war. Ein Gedanke traf ihn wie ein Blitz, worauf Julian sich sehr bildlich vorstellte, wie er sich zwischen den muskulösen Hinterbacken seines Vordermannes versenkte. *Nur mit Aidan möchte ich das erleben,* ging es Jul durch den Kopf. Sogar mit Darius hatte er nicht geschlafen, denn sein erstes Mal wollte er sich für den Mann aufsparen, den er über alles liebte. „Aidan ..."

Plötzlich zuckte dieser zurück und schubste Julian von sich. „Ich bin schuld daran, dass du zu einem ebensolchen Menschen geworden bist, wie ich einer bin!", schrie er.

„Was? So ein Unfug, du hast mich nur auf den richtigen Weg geführt, Aidan! Ich habe mir nie etwas aus Frauen gemacht, und erst, als ich dich küsste, wusste ich, warum."

„Ich habe dich angesteckt mit meiner Lüsternheit, Jul. Weißt du eigentlich, wie schlimm mich mein Gewissen plagt?"

„Und hast du eine Ahnung, wie sehr ich leide, wenn du mich abweist, obwohl ich weiß, dass du genau dieselben Gefühle für mich hast, wie ich für dich?" Jetzt wurde auch Julian wütend. *Warum ist er nur so stur?* „Ich werde dafür sorgen, dass du niemals vergisst, was zwischen uns besteht!", fuhr Julian ihn an. Er drückte Aidan an den Schultern zurück, bis dieser mit den Hüften gegen den massiven Schreibtisch stieß. Julian presste sich an ihn, wobei er fühlte, wie erregt Aidan immer noch war. „Du kannst es nicht länger leugnen, Mylord!"

„Nein, das kann ich nicht", flüsterte dieser schwach. Er wehrte sich nicht, als Julian seine Hose öffnete und abermals mit der Hand hineinfuhr. Aber Jul wollte mehr. Ungestüm zog er den Stoff bis zu den Knien nach unten, sodass sich ihm Aidans Geschlecht stolz entgegenreckte. Sofort nahm er es in den Mund.

Aidan über ihm stöhnte verhalten, wobei er sich mit den Händen an der Tischplatte abstützte. „Bist du des Wahnsinns? Wenn nun jemand hereinkommt?"

Jul wusste genau, dass es niemand vom Personal auch nur wagen würde, unaufgefordert Aidans private Gemächer zu betreten. Und Mutter und Marianne kämen gerade jetzt, wo sie vermuteten, dass Aidan ihm eine Standpauke hielt, nicht einmal in die Nähe der oberen Stockwerke. Wahrscheinlich schaufelten sie sich gerade Beefsteak und Pasteten in den Mund, während sie über den Ausgang ihres Gespräches diskutierten, oder, was viel wahrscheinlicher war, bereits Mutters Geburtstagsfeier planten und die Gästeliste aufstellten.

Julian leckte über die ganze Länge, liebkoste das glatte Fleisch mit seinen Lippen und ließ erst ab, als sich Aidans Finger in sein Haar krallten. „Jul, du bist ein Teufel!"

„Ja, das bin ich, und ich werde dich jetzt verführen und dich gefügig machen, damit du gar nicht anders kannst, als mich bei dir zu behalten!" Zum Glück war Aidan ein sehr ordentlicher Mensch, und so befanden sich kaum Dinge auf der Arbeitsplatte, als Julian den großen Mann herumdrehte und ihn bäuchlings auf den Tisch drückte. Dieser wehrte sich nicht, als Julian reichlich Speichel in Aidans Spalte verteilte und sich mit einem tiefen Stoß in ihm versenkte. Aidan stöhnte kehlig und auch aus Juls Brust löste sich ein Keuchen.

„Du wirst mich nicht so leicht los, Aidan, das schwöre ich dir!" Er verharrte einen Moment, aber nicht nur deshalb, damit sich Aidan an die Dehnung gewöhnen konnte – nein, Julian war kurz davor zu kommen. Es war so ein überwältigendes Gefühl tief in Aidans Körper zu stecken, dass ihm eine Träne über die Wange lief. Er schob seine Hände unter Aidans Hemd, um über die Muskelstränge und die weiche Haut seines Rückens zu streicheln. Er fühlte, dass der große Mann unter ihm eine Gänsehaut hatte. *Ja, das gefällt dir, was, Aidan?*, schoss es Jul durch den Kopf, worauf er sich langsam zu bewegen begann. Erst als sich ihm Aidan entgegendrückte, stieß er fester zu.

„Ich werde bei dir bleiben – dieses Mal wirst du mich nicht nach London zurückschicken, hast du verstanden!"

Aber Aidan war anscheinend unfähig zu antworten. Lang ausgestreckt lag er mit geschlossenen Augen über dem Schreibtisch, eine Wange gegen das polierte Holz gepresst, und atmete schwer.

Julian griff um Aidans Hüften und nahm dessen hartes Glied in die Hand, wobei er fest zudrückte. „Hast. Du. Verstanden?"

„Ja, Juu...lian", stöhnte er.

Mit den Fingern formte Jul einen engen Ring, in den Aidan

hineinstieß, während sich Julian in ihm bewegte. Es dauerte nicht lange, da trieben beide dem erlösenden Höhepunkt entgegen.

Verdammt, dachte Julian, *ich muss Aidan endlich erzählen, was ich von Henry weiß, aber jetzt ist wohl der denkbar ungünstigste Zeitpunkt dafür.*

Aidan lag einfach nur unter ihm, die Augen geschlossen, und rührte sich nicht.

Ich sag es ihm später, ganz sicher. Langsam beugte er sich nach vorne, um Aidans Nacken zu küssen, aber dieser schlüpfte zur Seite, richtete hastig seine Kleidung und stürzte aus dem Salon, ohne sich noch einmal umzublicken.

Ich muss ihm Zeit geben, dachte Julian, als er mit seinem Taschentuch die verräterischen Spuren vom Tisch wischte. *Er hat das ganze Leben lang sein wahres Ich versteckt. Doch ich werde es hervorlocken, das schwöre ich dir, Aidan! Ich gebe uns nicht auf. Niemals.*

Aidan behielt Henry schon den ganzen Tag im Auge. An Mariannes Nervosität erkannte der Viscount, dass sie anscheinend wieder einen Brief von William erwartete, den Henry für sie abfangen würde. Aidan brauchte einen schwerwiegenden Grund, damit er den Diener seiner Mutter aus dem Haus bekam, und was eignete sich da besser, als ihm einen Vertrauensbruch nachzuweisen? Aber konnte Aidan das seiner Schwester antun? Ihr geheimes Verhältnis zu dem jungen Mann würde unweigerlich auffliegen. *Nein, ich kann Marys Vertrauen nicht missbrauchen. Sie kam verzweifelt zu mir.*

Er griff nach seiner Teetasse, um über deren Rand seine Familie zu beobachten, die dem süßen Nichtstun frönte. Seine Mutter und Marianne stocherten in ihrer Stickarbeit herum – anscheinend plante Lady Cathérine, was sie auf ihrem großen Fest für ein Kleid tragen sollte –, während Mary immer wieder einen schnellen Blick zum Fenster hinauswarf.

Julian, der in einem großen Sessel saß, schien eingedöst zu sein, denn sein Kopf war nach hinten gegen die Lehne gekippt, und Prince zu seinen Füßen schlief ebenfalls.

Als Henry, der sich immer in Lady Cathérines Nähe aufhielt, plötzlich leise zur Tür hinausschlich, erhob Aidan sich. „Entschuldigt mich einen Moment."

„Hmm", summte seine Mutter, während Marianne bei seinen Worten beinahe aufgesprungen wäre.

Julian murmelte etwas Unverständliches und kuschelte seinen Kopf gegen die Lehne, während sich Prince schwanzwedelnd erhob und die Gelegenheit nutzte, um der langweiligen Gesellschaft zu entkommen. Gemeinsam mit seinem Hund verließ Aidan das Haus. Er sah gerade noch, wie der Diener hinter den Stallungen verschwand. Sofort schlug Aidan denselben Weg ein. „Ich lasse mich nicht länger erpressen, das wird hier und jetzt ein Ende haben", murmelte er, worauf Prince die Ohren spitzte. „Ich kann diesen Mann keine Sekunde länger unter meinem Dach ertragen."

Entschlossenen Schrittes bog er um das Gebäude, wo sich der Retriever erst mal erleichterte. Aidan wusste noch nicht, was genau er Henry vorwerfen sollte, um ihn loszuwerden, aber er hoffte, dass ihm im rechten Moment etwas einfiel.

Aus den Augenwinkeln erkannte er plötzlich einen Reiter, der, vom Herrenhaus nicht einsehbar, auf die Rückseite des Stalls zuritt. *Das muss Lloyds Bote sein,* wusste Aidan und versteckte sich hinter einem Bretterverschlag. Dabei wies er Prince mit einem Fingerzeig an, nicht von seiner Seite zu weichen, damit er ihre Anwesenheit nicht verriet.

Von seinem Versteck aus sah Aidan durch die Holzlatten, wie Henry den rothaarigen Mann zu Pferd heranwinkte. Der Bote trabte herbei und glitt von seinem Tier. Die beiden Männer befanden sich keine zwei Meter von Aidan entfernt. Ihr merkwürdiges Verhalten fiel ihm deshalb sofort auf. Henry flüsterte: „George."

Das Gesicht des anderen Mannes, der vielleicht in Aidans Alter war, nahm dieselbe Farbe an wie sein Haar. „Hallo Henry."

Henry griff nach den Zügeln, während George einen Brief aus der Satteltasche holte. Der Diener nahm ihn entgegen und bezahlte ordnungsgemäß, doch als Lloyds Bote nicht ging, sagte Henry leise: „Möchtest du noch etwas, George?"

Der schlanke Mann machte einen Schritt auf Henry zu, bis

sie dicht beieinander standen, und küsste ihn flüchtig auf den Mund. Dann nahm er schnell die Zügel an sich und wollte aufsteigen, aber Henry hielt ihn am Arm zurück. „Warte!“

Aidan vergaß zu atmen. Zähneknirschend und mit gemischten Gefühlen im Bauch, beobachtete er, wie sich die Männer zärtlich küssten. Aidans Wut wich Verwirrung. Es wunderte ihn, dass der berechnende Diener zu solchen Emotionen überhaupt imstande war. Sofort kam Aidan in den Sinn, dass er jetzt ein gutes Motiv hatte, ihn loszuwerden. *Ich sage Mutter, dass ich ihn mit einem anderen Mann erwischt habe.* Lady Cathérine duldete bestimmt keinen Sodomiten in ihrem Haus. *Sollte er Mutter die Wahrheit über mich erzählen, würde es ihm niemand glauben. Er ist nur ein Angestellter.* Bei diesen Gedanken fühlte sich Aidan unwahrscheinlich schlecht. *Nein, es muss eine andere Lösung geben, vielleicht kann ich ihn dazu bringen zu kündigen.*

Mit Magenschmerzen wartete er ab, bis die beiden ihr Liebesgeplänkel beendet und sich verabschiedet hatten. Erst als der Bote davonritt, schnappte er sich Henry, als er an seinem Versteck vorbeilief. Erschrocken sog dieser die Luft ein, während Aidan ihn am Kragen gepackt hielt.

„Ich dulde deine Anwesenheit nicht länger in meinem Haus!“, zischte Aidan.

Henry versuchte sich zu befreien, doch Aidan drückte noch fester zu, sodass Henry das Atmen schwerfiel. „Aber ...“

„Ich will, dass du sofort nach London zurückfährst, oder ich sage Lady Cathérine die Wahrheit über deine ... Neigungen.“

„Wieso tut Ihr das, Mylord?“ Mit bleichem Gesicht starrte der Ältere ihn an. Er wehrte sich nicht, was Aidan in diesem Moment lieber gewesen wäre, denn dann hätte er einen Grund gehabt, noch handgreiflicher zu werden. Jeder andere Mann hätte Henry schon lange grün und blau geschlagen.

„Ich lasse mich nicht mehr von dir erpressen!“

Henrys Augen wurden groß. „Ich habe Eurem Bruder doch schon erzählt, dass alles ein Missver...“

„Was hast du mit Julian zu schaffen?“ Aidan holte aus und schlug Henry ins Gesicht. Dieser taumelte zurück und hielt sich die blutende Nase. Geschockt über seine heftige Reaktion rieb sich Aidan die schmerzenden Fingerknöchel. Noch nie hatte er einem anderen Menschen Gewalt angetan!

„Aidan, hör mich an!" Henry hielt sich schützend die Arme vors Gesicht.

„Wie wagst du es, mich anzusprechen?" Bedrohlich kam Aidan auf den älteren Mann zu. Niemals zuvor hatte ihn solch eine Wut gepackt und es juckte ihn in den Fingern.

„Es war alles nur ein Missverständnis, Mylord, ich wollte Euch niemals erpressen!"

Gerade als Aidan den Diener gegen die Bretterwand drücken wollte, legte sich eine Hand auf seine Schulter und riss ihn herum.

„Lass ihn los, Aidan!" Überrascht, Julian zu sehen, ließ Aidan von Henry ab. „Er sagt die Wahrheit!"

„Was?"

„Er wollte dich nicht erpressen. Henry hat mir alles erzählt, als ich ihn für seine Taten zur Rechenschaft ziehen wollte."

„Wann war das?" Aidans Zorn löste sich langsam auf.

„Als du London verlassen hast."

„Julian, warum hast du mir nichts gesagt?"

„Ich hatte es mir die ganze Fahrt von London bis hierher vorgenommen, aber als ich dich wiedersah ...", Julian blickte kurz zu Henry, bevor er murmelte: „Es ist mir total entfallen, entschuldige."

Julian erzählte ihm, wie er sich den Diener heimlich vorgeknöpft hatte. „Henry stellt keine Gefahr mehr dar, er hat nur so gemein gehandelt, weil er verletzt war", sagte Julian.

„Ich wollte Euch nicht erpressen, Mylord, Ihr solltet nur bei mir bleiben, doch plötzlich war das Geld da."

„Henry behielt es aber nicht für sich selbst, sondern spendete es anonym einem Waisenhaus, damit er sein Gewissen etwas erleichtern konnte", erzählte Julian weiter. „Es stimmt, ich habe das überprüft." Julian zögerte kurz, bevor er leise sagte: „Er hat sogar versucht, sich an mich heranzumachen. Als ich ihn abwies und Mutter davon berichten wollte, drohte er, alles über eure heimliche Beziehung zu erzählen."

„Er hat was?!" Sofort fuhr Aidan wieder zu Henry herum, der sich immer noch die Nase hielt. Wenigstens hatte sie aufgehört zu bluten und schien nicht gebrochen zu sein. „Du hast dich an Julian herangemacht?"

„Ich wollte Euch nur eifersüchtig machen, Mylord, aber jetzt weiß ich, dass es eine dumme Idee war. Doch ich war so sehr in Euch verliebt, bis vor Kurzem ... Das dachte ich zumindest, bis ich George traf."

„Wer ist George?", fragte Julian.

Aidan erklärte, dass George der Bote der Familie Lloyd war, aber da Julian mit Mariannes Geschichte nicht vertraut war, meinte Aidan: „Ich erzähle dir später alles."

„Wie erklären wir jetzt Mutter das mit seiner Nase?" Mit gerunzelter Stirn blickte Julian Henry an und reichte ihm ein frisches Taschentuch, bevor Henry antwortete: „Ich sage Lady Cathérine, dass ich mich gestoßen habe." Und zu Aidan gewandt sagte er: „Immerhin habe ich Euren Zorn wirklich verdient, Mylord. Ich weiß nicht, wie ich das wieder gutmachen kann. Es wird wahrscheinlich das Beste sein, wenn ich kündige."

Im ersten Augenblick fühlte sich Aidan, als würde ihm eine schwere Last vom Herzen genommen, doch dann drückte er Henrys Schulter. „Du kannst bleiben. Zwischen uns ist alles geklärt." Henry war nicht der skrupellose und berechnende Mann, für den Aidan ihn immer gehalten hatte. Plötzlich rückte der Diener in ein ganz anderes Licht.

Sichtlich überrascht starrte Henry ihn an. Ein Schimmer überzog seine grauen Augen, anscheinend war auch er sehr erleichtert. „Ich danke Euch, Mylord. Ich stehe für immer in Eurer Schuld."

Endlich war Lady Cathérines großer Tag gekommen. Sie hatte sich entschieden, den Ball unter kein besonderes Motto zu stellen, sondern vielmehr dafür gesorgt, dass all ihre Bekannten und Freunde aus London anwesend waren. Und natürlich hatte sie auch die potentiellen Heiratskandidaten auf die Einladung gesetzt.

Aidan stand etwas abseits mit ihr, um verschiedene Gäste genauer in Augenschein zu nehmen. Lady Cathérine legte anscheinend Wert auf seine Meinung.

„Wer ist dieser gut aussehende Gentleman?", fragte sie und blickte dabei interessiert durch den Raum.

Aidan folgte ihren Augen. Seine Mutter taxierte offensichtlich einen groß gewachsenen Herrn, der etwa in seinem Alter war. Er hatte dunkles Haar und unterhielt sich angeregt mit einem jüngeren, braunhaarigen Mann, der ihm gerade mal bis zu den Schultern reichte. „Das ist mein Nachbar, Alexander Dunford, mit seinem Cousin Garret. Hast du etwa vor, ihm Marianne vorzustellen?“

„Dunford ... Dunford ...“, murmelte sie, „ist er der Marquess of Riverdale?“

„Du bist wie immer bestens informiert, Mutter.“

Sie errötete. „Oh, dann kommt er für meine Mary nicht infrage.“

Aidan sah sie verwundert an. „Ich denke *doch*, denn er ist momentan die beste Partie unter diesem Dach.“ Ob er Mutter jetzt sagen sollte, dass Marianne schon ihre Wahl getroffen hatte? Nein, heute war ihr Geburtstag, den sollte er ihr nicht verderben.

Cathérine flüsterte hinter vorgehaltenem Fächer: „Es heißt, der Marquess wäre nicht im Besitz seiner Manneskraft.“

Aidan hob die Augenbrauen, während er krampfhaft versuchte, ein Grinsen zu unterdrücken. Noch nie hatte er seine Mutter über so ein heikles Thema reden hören.

„Na ja“, fuhr sie fort und wurde dabei noch roter, „er wäre bestimmt keine schlechte Partie, aber du weißt doch, wie sehr ich mir Enkelkinder wünsche.“

„Nein, dann ist er für meine Schwester wirklich nicht der Richtige“, sagte Aidan ernst. *Wenn ich ihr schon nicht diese Freude machen kann – bei Julian weiß man auch noch nicht – dann sollte wenigstens Mary diejenige sein,* dachte er betrübt. „Obwohl Riverdale im besten Alter wäre. Älter sollte Marys Mann wirklich nicht sein.“

Unverwandt schaute ihn Lady Cathérine an. „So, meinst du?“

Vielleicht konnte er die ganze Sache irgendwie hinbiegen, ohne William zu erwähnen. Aidans Blick schweifte durch den Raum, aber die Lloyds waren anscheinend noch nicht eingetroffen. Aidan hatte den jungen Mann und seine Familie eingeladen, weil er etwas Interessantes herausgefunden hatte. „Na ja, je älter der Ehemann, desto unwahrscheinlicher ist es, dass sich Nachwuchs einstellt. Meinst du nicht, Mutter?", sagte er beiläufig.

Sie wusste bestimmt, dass er auf seinen Vater anspielte. Arthur Shevington war beinahe dreißig Jahre älter als Lady Cathérine gewesen, was wohl mit ein Grund war, warum sie so selten schwanger geworden war. *Es würde mich nicht wundern, wenn sie Mary auch einer Bediensteten weggeschnappt hätte,* dachte Aidan schmunzelnd, aber Mary konnte ihre Abstammung nicht verleugnen.

„Du musst selbst wissen, was dir lieber ist, Mutter. Enkelkinder oder ein reicher Schwiegersohn, der so alt ist, dass er *dein* Mann sein könnte."

„Aidan!" Seine Mutter überspielte ihren entsetzten Ausruf mit einem ihrer typischen Hüstelanfälle. *Dachte ich es mir doch, sie hat ein Auge auf Lord Allington geworfen!*

Er lachte, doch sofort wurde er wieder ernst. *Du bist schlimm verdorben,* hatte Julian einmal zu ihm gesagt. *Ja, das bin ich wohl.*

„Hast du denn keinen jüngeren Kandidaten auf deiner Liste?", fragte Aidan. Und dass sie eine Liste hatte, davon ging er aus. „Ein junger Mann mit Verstand und gutem Aussehen, der dir viele hübsche Enkel beschert? So einer würde Mary bestimmt auch gefallen."

„Jemand ohne großzügiges Einkommen?", mokierte sich Lady Cathérine.

„Ich könnte Mary eine jährliche Apanage zahlen. Das macht mich nun wirlich nicht arm, Mutter. Wenn ich daran denke, wie viel mich deine Kleider kosten und der Schmuck ..."

„Ist ja gut, ich werde darüber nachdenken! Entschuldige mich, mein Sohn, da hinten steht jemand, mit dem ich mich unbedingt unterhalten möchte." Fluchtartig verschwand sie in der Menge. Er hatte Mutter wohl an ihrer Schwachstelle getroffen.

Seine Gedanken schweiften zu Julian, worauf Aidan sich umsah. Der blondhaarige Mann stand am Rande der Tanzfläche, ein Glas Wein in der Hand, und unterhielt sich mit Riverdales Cousin Garret. Als würde Julian seine Blicke spüren, drehte er plötzlich den Kopf und lächelte Aidan an.

Verdammt, Jul! Du verhältst dich so verflixt diskret! Aidans

Pulschlag beschleunigte sich, als er daran dachte, wie er den Jüngeren im Weinkeller geliebt hatte, aber noch intensiver brannte die Erinnerung an das Erlebnis im Arbeitszimmer. Julian hatte den Spieß umgedreht und *ihn* einfach genommen. *Wir haben miteinander geschlafen! Der Himmel steh mir bei, wie sehr ich es wieder möchte!*

Da winkte Julian und bedeutete ihm, sich zu ihnen zu gesellen. Mit zittrigen Knien schritt Aidan auf die beiden zu.

Julians grüne Augen funkelten. „Stell dir vor, Lord Riverdale möchte uns zu einem Jagdausflug einladen. Garret hat es mir gerade erzählt."

„Jagdausflug?", sagte Aidan und dachte: *Lieber nicht! Wir wissen doch, wozu das führt.* Aber da er nicht unhöflich sein wollte, meinte er: „Das hört sich fantastisch an!"

Julian schenkte ihm daraufhin einen Blick, bei dem ihm ganz heiß wurde. *Untersteh dich, Strohkopf!*, versuchte Aidan ihm seine Gedanken zu schicken. *Denk nicht mal dran!*

„Ein wirklich tolles Fest, Shevington", sagte der Marquess, der gerade mit zwei Gläsern Punsch auf ihre kleine Gesellschaft zukam. Er reichte Garret ein Glas und wandte sich dann wieder an Aidan.

Dieser sagte: „Da musst du dich bei meiner Mutter bedanken, Riverdale. Sie hat das alles organisiert." Beinahe wäre ihm herausgerutscht, dass Lady Cathérine Riverdale schon als Heiratskandidaten im Visier hatte. Sein Nachbar war ein sehr sympathischer Mann. Falls die Gerüchte stimmten, konnte er ihm wirklich leid tun. Kein Wunder, dass Aidan noch nie eine Frau an seiner Seite gesehen hatte, sie schienen den Adligen zu meiden wie die Pest. Aber Riverdale störte das anscheinend nicht weiter.

Aidan hatte sich schon immer gut mit Alexander Dunford, dem Marquess of Riverdale, verstanden. Dessen Land grenzte an seines, weshalb sich die beiden ab und zu trafen. Aidan konnte sogar behaupten, in dem attraktiven Mann einen Freund gewonnen zu haben, aber trotzdem würde er ihm niemals seine Probleme beichten können.

„Hat dein Bruder es dir schon erzählt?", richtete der Marquess seine Frage an Aidan.

„Wir haben bereits angenommen, Riverdale. Vielen Dank,

das wird bestimmt ein Spaß!“ Aidan versuchte ein einigermaßen ehrliches Lächeln zustande zu bringen, aber der Zufall kam ihm zu Hilfe, dass er ohne große Ausflüchte der kleinen Runde, und vor allem Julian, entfliehen konnte.

Aidan wendete sich, eine Entschuldigung murmelnd, ab, weil er die Lloyds begrüßen wollte, die gerade den Salon betraten. Vater, Mutter und Sohn besaßen alle kastanienbraunes Haar und waren in etwa gleich groß, was zumindest für Mrs Lloyd eher ungewöhnlich war. Dennoch war sie trotz ihrer großen Gestalt eine schöne Frau mit einem guten Geschmack, was Mode betraf. Ihr dunkelgrünes Kleid stand den der anderen Damen in nichts nach, und auch die Herren waren in äußerst teure Fräcke gehüllt. Besonders William machte darin eine sehr gute Figur und das schien nicht nur Aidan aufzufallen. Er glaubte, Mariannes schmachtende Seufzer beinahe durch den ganzen Raum zu hören, obwohl sie am anderen Ende stand. Sie ließ William keine Sekunde aus den Augen, und auch der junge Mann konnte nicht den Blick von ihr abwenden. Die beiden gäben sicher ein hübsches Paar ab, überlegte Aidan.

Er hatte natürlich Erkundigungen über diese Familie eingeholt, schließlich wollte er genau wissen, wen sich seine Schwester als zukünftigen Ehemann ausgesucht hatte. Dabei hatte Aidan etwas sehr Interessantes erfahren: Der junge William hatte Marianne nicht die Wahrheit gesagt, deswegen wollte Aidan den Mann bald zur Rede stellen.

Die Musiker kündigten einen schottischen Reel an, doch da es eindeutig an Damen mangelte und sich auch Lady Cathérine nicht mehr aufraffen konnte zu tanzen, sprangen kurzerhand die Männer ein. Zu dieser vorgerückten Stunde – es war kurz vor Mitternacht – befanden sich alle schon in bester Stimmung, deshalb wurde über diesen Beschluss kein großes Aufsehen gemacht.

Julian zog den sich sträubenden Aidan auf die Tanzfläche. „Komm, lass uns auch mitmachen, das wird ein Spaß!“, lachte er.

Immer, wenn sie Schulter an Schulter die Achterfigur tanzten und sich dabei tief in die Augen blickten, schäkerten die beiden vergnügt herum wie kleine Jungs.

„Ich hatte ganz vergessen, wie gut du Reel tanzen kannst, Brüderchen! Du hast richtig Talent!“, lachte Aidan, aber sofort wurde er ernst. Beide mussten sich erst daran gewöhnen, dass sie keine richtigen Geschwister waren. Aber hier in der Öffentlichkeit konnte es nicht schaden, die Fassade aufrecht zu erhalten.

„In mir fließt ja auch schottisches Blut“, flüsterte Julian. Aidan bezog dessen Aussage bestimmt auf den Tanz, aber Jul belehrte ihn sofort eines Besseren: „Ich habe noch andere Talente. Es heißt, die Schotten wären leidenschaftliche Liebhaber.“

Amüsiert bemerkte Julian, wie Aidans Wangen kurz aufflammten. *Das lässt dich nicht kalt, wenn ich so mit dir spreche, was Mylord?*, dachte Jul, worauf er gleich nachsetzte, sobald sich ihre Schultern abermals berührten. „Bin ich ein guter Liebhaber?“ Aidan kam aus dem Takt, doch sofort fand er wieder hinein, was bewundernswert war. Er hatte sich außerordentlich gut im Griff, wie Jul fand. *Viel zu gut für meinen Geschmack. Aber ich verführe dich bald wieder, mein süßer Viscount!*, dachte er grinsend.

„Ich kann ohne dich nicht existieren, Aidan. Ich brauche dich wie die Luft zum Atmen!“ Hier kam ihm Aidan nicht aus. Endlich konnte er ihm all seine Gefühle gestehen. „Ich liebe dich.“

„Jul!“, zischte Aidan. Er hatte offensichtlich Angst, dass trotz der lauten Musik jemand etwas von dem Liebesgeplänkel mitbekam. Neben ihnen drehten sich gerade Lord Riverdale und sein Cousin Garret, die in ein Gespräch vertieft waren.

„Wenn du mich küsst“, fuhr Julian fort, „dann glaube ich mich im Paradies. Wenn du mich liebst, dann ist es der Himmel auf Erden.“

Plötzlich zuckte Aidan zurück und knurrte: „Jul, hör endlich auf damit!“

„Wieso, erregt es dich?“

„Riverdale starrt zu uns herrüber.“

Jul spürte, wie alle Farbe aus seinem Gesicht wich. „Er wird doch nichts vermuten?“

„Ich glaube nicht, aber sieh dich ab jetzt vor.“

Als der Tanz zu Ende war, eilte Aidan aus dem Saal. Julian überlegte keine Sekunde und ging ihm hinterher. Er hatte Aidans Erregung gespürt. Vielleicht konnte er das zu seinem Vorteil nutzen.

Julian erblickte gerade noch Aidans Beine, als dieser die Treppen nach oben lief, wo sich die privaten Räume befanden. Er folgte ihm unauffällig. Die Tür zum Arbeitszimmer stand einen Spalt offen. Julian schlich sich hinein und schloss leise ab, aber Aidan hatte ihn gehört und wirbelte herum. In seiner Hand hielt er einen Brandy, den er sofort auf dem kleinen Tisch vor dem Kamin abstellte.

„Jul, was suchst du hier?"

„Na, dich, wen denn sonst?" Julian ging schnurstracks auf Aidan zu und küsste ihn.

Sofort wich dieser zurück. „Hör auf damit, ich erwarte gleich jemanden!"

„Ich habe abgesperrt", lächelte Julian, wobei er sein Gegenüber nie aus den Augen ließ.

Aidan versuchte seinem Blick auszuweichen. „Das ist mein Ernst, Jul. Geh wieder nach unten."

„Hierhin?", fragte er unschuldig, wobei er seine Hand gegen Aidans Schritt presste.

Julian hatte sich nicht geirrt. Aidan war erregt. Sein Glied war leicht angeschwollen.

Julian schubste ihn in den breiten Sessel und setzte sich sofort mit gespreizten Beinen auf seinen Schoß. Ein Stöhnen entfuhr Aidan, als er die Zunge in seinen Mund schob. Julians Finger fuhren unter die Weste, und er streichelte Aidans Brustwarzen durch den Stoff des Hemdes. Gleich wurden sie steinhart.

Aidans lange Finger wühlten sich in sein Haar. „William Lloyd wird gleich hier sein, Strohkopf."

„Wie schade." Schwer atmend stand Julian auf und ließ einen sehr erregten Viscount auf dem Sessel zurück.

„Jul!", zischte dieser, aber Julian hatte schon die Tür geöffnet und eilte hinaus.

Auf der Treppe kam ihm ein junger Mann entgegen, der laut Aidans Beschreibung Mariannes große Liebe sein sollte. Er grüßte ihn und zeigte ihm den Weg zum Arbeitszimmer. Julian wusste, dass Aidans Blut gerade kochte. Zu schade, dass er kein Mäuschen war. Sonst hätte er sich jetzt in den Raum geschlichen, um zu beobachten, wie Aidan seine Erregung vor Mr Lloyd zu verbergen versuchte.

Ich werde dich schon bald am Haken haben, Aidan, dachte Julian amüsiert, bevor er sich wieder ins Getümmel stürzte.

Aidan war noch immer verwirrt über Julians Aktion. Er wusste, der Jüngere wollte es ihm heimzahlen, und das brachte Aidan zum Lächeln. Er sah kurz hinüber zu Julian, der sich wieder zu Riverdales Cousin Garret gesellt hatte, während Aidan neben seiner Mutter am Buffet stand. Gemeinsam beobachteten sie Marianne, die mit William gerade eine Quadrille tanzte.

„Wenn ich dir einen Ehemann und eine gute Partie für Mary empfehlen darf, dann William Lloyd. Er ist zwar nicht von Adel, aber er erbt eines Tages ein beachtliches Vermögen, und die beiden scheinen sich prächtig zu verstehen."

In seinem Arbeitszimmer hatte er William zuvor gefragt, warum er Marianne nicht die Wahrheit über sich erzählt hatte. Denn der einzige Sohn der Familie Lloyd würde eines Tages die Fabriken seines Vaters, der ein bedeutender Industriemogul war, übernehmen. Nicht weit von hier, in der Ortschaft Chelmsford – Englands Industriezentrum – besaß Williams Vater unter anderem einen Betrieb, der Velozipede herstellte.

William hatte Marianne nichts darüber berichtet, weil er wollte, dass sie ihn nicht wegen seines Geldes heiratete. Diese Einstellung fand Aidan sehr nobel. Er hatte William einen Drink spendiert und ihm die Hand seiner Schwester versprochen. Jetzt musste Aidan nur noch seine Mutter überzeugen. Sie brauchte ja nicht zu erfahren, dass er längst alles geregelt hatte.

Aidan atmete tief durch, als er das junge Paar betrachtete. Die beiden schienen sich tatsächlich sehr zugetan zu sein.

„Meine Mary hat wahrlich etwas Besseres verdient als einen Bürgerlichen!" Lady Cathérine sah Aidan entsetzt an.

„Ich glaube, die beiden lieben sich. Hat Mary denn kein

Recht auf ein glückliches Leben?" Wenn ihm das schon nicht vorherbestimmt war, dann wenigstens einem Familienmitglied der Shevingtons.

„Ach, Liebe ... Denkst du denn, ich hätte euren Vater geliebt?" Lady Cathérines Blick schweifte in die Ferne, so als ob sie mit den Gedanken ganz weit weg wäre. Sie blinzelte ein paar Mal, bevor sie murmelte: „Nie war er für mich da, ihr Kinder wart alles, was ich hatte."

Aidan wurde hellhörig. Er wusste nicht, dass seine Mutter eine so unglückliche Ehe geführt hatte. „Ist alles in Ordnung?"

„Ach, mein Junge", seufzte sie und tätschelte ihm den Arm, „ich bin froh, dass du nicht das Herz deines Vaters geerbt hast."

„Dann stimmst du also zu?", hoffte Aidan.

„Ich muss mir das erst durch den Kopf gehen lassen", sagte sie, bevor sie Lord Allington erspähte und ihm zuzwinkerte. Plötzlich schien ihr Trübsinn verflogen zu sein. „Entschuldige mich, mein Junge. Ich habe Geburtstag und möchte mich noch ein wenig amüsieren."

Aidan lachte befreit. Jetzt wusste er wenigstens, von wem er auch seine anderen Eigenschaften geerbt hatte. *Vielleicht sollte ich mich auch ein wenig vergnügen,* dachte er und hielt nach Julian Ausschau. Er hatte mit ihm noch eine Rechnung zu begleichen ...

Aidan erwachte mit leichten Rückenschmerzen, dennoch fühlte er sich prächtig. Endlich war er mit sich und der Welt im Reinen. Heute Nacht hatte er eine Entscheidung getroffen.

Die Sonne kitzelte seine Nase, oder war es das blonde Haar? Julian lag in seinen Armen und schnarchte leise. Sie hatten sich während der Feier zum Pavillon geschlichen, die Sitzpolster von den Bänken gezerrt und sich auf dem Boden ausgiebig geliebt. Danach war Aidan nicht weggelaufen, sondern hatte sich fest an Julian geschmiegt und ihm seine wahren Gefühle gestanden.

Liebevoll fuhr er dem Jüngeren über das Haar und die nackten Schultern. Aidan hatte erkannt, dass er glücklich sein konnte, wenn er es nur zuließ. Er hatte nicht den traurigen Ausdruck in den Augen seiner Mutter vergessen, die zeit ihres Lebens gelitten hatte, weil sie in eine Ehe gezwungen worden war. Er verstand nicht, warum sie Marianne das ebenfalls antun wollte.

Mary ... Sie hatte bis über beide Ohren gestrahlt, als William ihr mitteilte, dass er, Aidan, sie freigegeben hatte. Mutter, Marianne und William hatten ihm die Augen geöffnet für die wichtigen Dinge des Lebens.

Aidan drückte Julian an sich. Dieser hatte immer wieder versucht, ihm genau das zu sagen. „Wie konnte ich nur so blind sein."

Als wüsste Julian, was ihn gerade beschäftigte, murmelte er an Aidans Brust: „Du bist nicht blind, sondern ein Sturkopf."

„Ich wünsche dir auch einen wunderschönen guten Morgen, mein Liebster", lächelte Aidan.

Sofort stützte sich Julian auf seine Ellbogen und strahlte ihn an. „Es ist schön, wenn du mich so nennst."

Aidan zog ihn auf sich. Da sie beide nur ihre Hosen trugen, presste sich Julians nackter Oberkörper auf seinen. Mit den Fingerspitzen fuhr ihm Aidan über den Rücken, bis Julian lachte: „Du kitzelst mich!" Dann versenkte er seine Finger in dem zerzausten, blonden Haar, das so weich wie Seide war.

„Ich liebe alles an dir", hauchte Aidan gegen Julians Lippen. „Ich möchte dich spüren."

Julian drückte seinen Mund hart auf Aidans, was sie beide nicht kalt ließ. Das Blut schoss in ihre unteren Regionen. Julian vollführte mit seinem Becken kreisende Bewegungen auf Aidans wachsender Männlichkeit.

„Ich liebe dich", sagte Julian, wobei er mit verklärtem Blick auf Aidan herabblickte. „Du weißt gar nicht, wie glücklich du mich gemacht hast."

Ihre Küsse wurden leidenschaftlicher, ihre streichelnden Hände fordernder und es dauerte nicht mehr lange, da würden sie sich vereinigen. Aber dazu kam es nicht, denn ein Aufschrei setzte ihrem Liebesspiel ein plötzliches Ende.

Schockiert drehten sich beide herum und blickten in Lady Cathérines weit aufgerissene Augen.

„Kin ... der", stotterte sie, die Hand vor dem Mund.

Prince, der vor dem Eingang der Laube geschlafen hatte, sprang aufgeregt um sie herum. *Ein toller Wachhund bist du*, dachte Aidan und spürte Übelkeit in sich aufsteigen. „Wir haben nur herumgebalgt", rechtfertigte er sich. Sein Gesicht musste schneeweiß sein. „Du weißt doch, wie Jungs manchmal sind."

„Ihr seid keine Jungs mehr", sagte sie leise. „Und ich weiß, was ich gesehen habe."

Wie zur Salzsäule erstarrt sahen sich alle drei an, bis Aidan die drückende Stille zerschnitt: „Ich habe all die Jahre dein Geheimnis bewahrt, nun behalte auch unseres für dich."

Lady Cathérine atmete hektisch. „Du brauchst gewiss keine Sorge haben, dass ich jemandem ... *davon* ... erzähle", entgegnete sie todernst, bevor sie sich umdrehte und verschwand.

„Mutter, warte!" Aidan zog sich sein Hemd über und kam auf die Beine, um ihr hinterherzulaufen, und auch Julian eilte ihnen sofort nach.

Kopfschüttelnd marschierte Lady Cathérine, so schnell sie konnte, über den Kiesweg, der zurück zum Herrenhaus führte. Als Aidan sie erreichte, sah er Tränen in ihren Augen.

Wieder schüttelte sie den Kopf, ohne ihn anzublicken. „Was habe ich denn nur falsch gemacht? Gleich beide Söhne ... Ich hätte auf Arthur hören sollen und euch eine anständige Gouvernante ins Haus holen, die euch rund um die Uhr betreut."

„Mutter ..." Aidan hielt sie am Arm fest und sie blieb tatsächlich stehen. Ein Schluchzer schüttelte sie, als sie nun auch Julian sah, der neben Aidan getreten war.

Vorsichtig schloss Aidan sie in die Arme. „Du hast überhaupt nichts falsch gemacht, im Gegenteil. Es war das schönste Geschenk für uns, dass du immer für uns da warst. Es war schon schlimm genug, weil Vater so selten zuhause war."

Jetzt legte auch Julian einen Arm um ihre Hüften und sah ihr tief in die Augen. „Und wenn du mich nicht als deinen Sohn angenommen hättest, wäre ich vielleicht nicht mehr am Leben", sagte er. „Du hast alles richtig gemacht."

Lady Cathérine zog ein Taschentuch hervor, mit dem sie ihre Lider abtupfte. „Ich hatte so sehr gehofft, euch anständig verheiraten zu können. Ihr wisst doch, ich liebe Kinder über alles, und seit ich selber keine mehr bekommen kann, sehne ich mich nach Enkeln."

Sanft sprach Aidan auf sie ein. „Du musst nicht auf Enkelkinder verzichten, du hast ja immer noch Marianne."

„Ja, aber sie möchte diesen J u n g e n heiraten! Es wird noch Jahre dauern, bis er für eine Familie sorgen kann."

„Lass das Geld mal meine Sorge sein, Mutter", meinte Aidan. „Außerdem arbeitet er in der Firma seines Vaters. Ganz so arm ist William Lloyd nicht. Marianne liebt ihn und er liebt sie. Das Glück deiner Tochter sollte doch mehr wiegen als alles Geld der Welt."

Sie schniefte noch ein letztes Mal und nickte. „Jetzt wird mich mein kleines Mädchen verlassen und ich werde ganz allein in London sein. Ihr Verlobter hat ein Haus in Chelmsford, das ist so weit weg!"

„Du kannst sie gewiss besuchen." Aidan streichelte ihr zuversichtlich über den Rücken.

„Und wir werden immer für dich da sein", sagte Julian. „So wie du für mich da warst, als ich eine Mutter brauchte."

Lady Cathérine zwinkerte eine frische Träne weg, bevor sie ihre Söhne an sich zog. „Ihr habt ja recht. Ich möchte, dass meine Kinder glücklich sind, auch wenn ich mich mit dem Gedanken niemals anfreunden kann, dass ihr beide ..." Sie räusperte sich, tomatenrot im Gesicht, bevor sie einen Schritt zurück machte. „Aber Marianne werden wir nichts davon erzählen. Das wird unser Geheimnis bleiben!"

„Wie du willst, Mutter. Je weniger es wissen, desto besser." Aidan fühlte sich sehr erleichtert. Jetzt brauchten sie ihrer Mutter nichts vorspielen.

Bellend lief Prince an ihnen vorbei; wahrscheinlich war er unterwegs zu Ellen, um sich einen saftigen Happen zu erbetteln. Aidan war ihm nicht mehr böse, dass er sie nicht gewarnt hatte. Vielleicht hatte der Rumtreiber genau gewusst, was er tat.

Lady Cathérine wandte sich an Julian. „Ich werde meinen Freundinnen in London erzählen, dass du deinem Bruder bei der Verwaltung der Ländereien hilfst."

Julian küsste ihre Wange und grinste breit. „Danke. Danke für alles."

Mit einem flüchtigen Lächeln und einer Handbewegung gab sie Julian zu verstehen, still zu sein.

Aber Julian fragte verwundert: „Mutter, was machst du überhaupt ganz allein hier draußen, so weit weg vom Haus?“

Sofort legte sich Lady Cathérines Stirn in Falten, aber ein rötlicher Schimmer überzog ihr Gesicht. „Glaubst du denn, ich bin nicht alt genug, dass ich ohne Begleitung spazieren gehen darf?“

„Ich glaube, ich kenne den Grund“, sagte Aidan. Alle folgten seinem Blick und sahen in der Ferne einen grauhaarigen Mann auf sie zukommen.

„Du und Lord Allington?“ Überrascht zog Aidan die Brauen nach oben. „Mutter, er ist ein Frauenheld!“

Jetzt leuchteten Lady Cathérines Wangen regelrecht. Sie zog ihren Fächer hervor, um sich frische Luft zuzuwedeln. „Ja denkt ihr denn, ich möchte ihn gleich heiraten?“

„Mutter!“, riefen beide, worauf sie alle drei lachten.

Lady Cathérine scheuchte ihre Kinder hinter eine Hecke. „Nun geht schon, bevor der Lord euch sieht. Ihr seht furchtbar unordentlich aus!“

„Na dann viel Spaß, die Gartenlaube ist ja jetzt frei“, grinste Julian, worauf er sich von Aidan einen Hieb in die Seite einfing. Lachend liefen die beiden über einen Umweg zum Herrenhaus, wo sie ihr Liebesspiel in einer schönen, heißen Badewanne fortsetzen wollten.

Julian verschlang Aidans Körper mit lüsternen Blicken, während sich der große Mann auszog und sich ihm gegenüber in die Wanne quetschte. „Wenn Wexcomb uns erwischt, bekommt er einen Herzschlag.“

„Du, Aidan“, säuselte Julian zuckersüß, wobei er den Älteren mit seinem großen Zeh unter einer Achsel kitzelte, „ich hätte da eine Idee.“ Aber Julian hatte keine Ahnung, ob sein Liebster seinem Vorschlag zustimmen würde oder gleich ausrastete. Deshalb lehnte er sich nach vorne, um seine Hände über Aidans Oberschenkel gleiten zu lassen. Immer tiefer wanderten sie, bis er das halb aufgerichtete Geschlecht ergriff und daran rieb.

Aidan brummte wohlig und lehnte den Kopf gegen den Rand der Wanne. „Erzähl schon."

„Wexcomb ist schon sehr alt. Vielleicht sollte er mit Mutter nach London fahren. Dort gäbe es für ihn nicht viel zu tun. Das Haus ist wesentlich kleiner, und Marianne wird auch bald nicht mehr dort wohnen." Julian wusste, dass Wexcomb nicht in den Ruhestand gehen wollte. Er gehörte längst zur Familie.

„Sie hat doch Henry." Aidan stöhnte, als Julian ihn mit einer Hand massierte und ihn mit der anderen besonders ausgiebig zwischen den Pobacken wusch.

„Ja, Henry ..." Er zögerte einen Moment.

Aidan sah in fragend an. „Du meinst, er soll bei uns bleiben?"

Vorsichtig nickte Julian. „Ich weiß ..."

„Niemals!"

Julians Herz raste. „Ich weiß, es war dumm von mir zu denken ..."

„Mutter wird ihn niemals bei uns lassen", unterbrach ihn Aidan grinsend.

„Du hättest nichts dagegen?"

„Es wäre nicht schlecht, einen Verbündeten zu haben, oder? Dann bräuchten wir uns in unserem Haus nicht ständig zurückzuhalten."

„In *unserem* Haus?" Julian glaubte, sich verhört zu haben.

„Hey, Strohkopf, du gehörst jetzt zu mir. Und alles was mein ist, ist auch dein. Genauso wie mein Herz."

Julian legte sich auf seinen Liebsten, sodass Wasser über den Rand der Wanne schwappte, und küsste ihn stürmisch. Und diesmal war es Julian, der Aidan mit der Hand den Mund zuhielt, als er in ihn eindrang.

Es war schwer gewesen, Mutter davon zu überzeugen, Henry bei ihnen zu lassen, aber schließlich hatte sie doch eingewilligt. Auch Wexcomb war erfreut gewesen, da er eine Schwester hatte, die in London lebte und die er schon lange nicht mehr gesehen hatte.

Und Henry hatte bis über beide Ohren gegrinst, da er nun seinen Liebsten – den Boten von William Lloyd – des Öfteren zu Gesicht bekäme. Denn William und Marianne würden nicht weit entfernt in Chelmsford ein kleines Haus beziehen.

Aidan und Julian winkten der Kutsche, in der ihre Mutter und Marianne saßen, noch so lange hinterher, bis sie hinter einem grünen Hügel verschwunden war, und gingen dann ins Haus. Dort sprang Prince aufgeregt im Kreis herum und wedelte mit dem Schwanz. Er war offensichtlich froh, die ganzen Besucher wieder los zu sein. Während der Geburtstagsfeier war er kaum aus der Küche gekommen, aber Ellen hatte sich bestens um ihn gekümmert. Der Retriever trabte seinen Herren hinterher, die es sich im Salon gemütlich machten.

„Für die beiden wird die Fahrt bestimmt nicht langweilig werden“, sagte Julian, während er an seinem Tee nippte. „Schließlich gilt es, eine Hochzeit vorzubereiten. Da ist Mutter ganz in ihrem Element.“

„Wer weiß“, schmunzelte Aidan, „vielleicht kommt sie auch noch mal unter die Haube.“ Er kraulte seinen Hund hinter den Ohren und freute sich, dass sich in seinem Leben alles zum Positiven gewendet hatte.

Happy End

Aidan und Julian trafen sich wie jeden Herbst mit Lord Riverdale und Garret zum gemeinsamen Jagen. Zwischen den Männern hatte sich im Laufe der Jahre eine tiefe Freundschaft entwickelt, und besonders Garret und Julian verstanden sich prächtig. Während sie den Hunden hinterherritten, die eine Fährte aufgenommen hatten, dachte Julian an ihren allerersten Jagdausflug zurück:

„Also, wer zuerst bei der Hütte ist, dem steht die ganze Beute zu", erklärte Lord Riverdale noch einmal die Regeln ihres Spiels. Dabei zwinkerte er seinem Cousin Garret zu und der braunhaarige Mann grinste zurück. Julian wusste sehr wohl, dass die beiden schummeln wollten, denn er hatte sie zuvor belauscht und sich genau gemerkt, wo die versteckte Abkürzung lag, von der sie gesprochen hatten. *Ich werde Erster sein,* lachte Jul in sich hinein. *Dem Marquess wird die Kinnlade herunterfallen!*

„Da ich mich auf meinem Land ein wenig besser auskenne", sagte Riverdale todernst, „geben wir euch fünf Minuten Vorsprung!"

Schon schwang sich Aidan aufs Pferd und preschte davon. Julian erreichte ihn nicht mehr, als er beim Blackbird River ankam, wo er nach rechts musste. Ein Stück flussaufwärts gab es eine seichte Stelle. Dort konnte er gefahrlos das Wasser überqueren und eine gute halbe Stunde Weg einsparen. *Wenn Aidan so siegesbesessen ist, dann soll er eben verlieren,* dachte Jul und wendete sein Pferd. Es dauerte auch nicht lange, da hatte er den Übergang gefunden und ein wenig später schon die Hütte erreicht. Er wollte sich einen besonderen Spaß erlauben und Lord Riverdale sowie Garret einen gehörigen Schrecken einjagen. Also band er sein Tier ein wenig abseits der Jagdhütte an einen Baum, begab sich in das Holzhaus und legte sich dann unter dem Fenster auf die Lauer. Keine zehn Minuten danach kamen die beiden auch schon gemütlich angetrabt. Von Aidan war, wie erwartet, weit und breit nichts zu sehen.

„Wir haben noch genug Zeit", hörte Jul Garret sagen, als sie die Pferde im Unterstand abstellten.

Vorsichtig öffnete Julian das Fenster einen Spalt weit, um die zwei noch besser belauschen zu können.

„Ich weiß nicht, Garret, ich halte es für sehr gefährlich", wand sich Riverdale.

„Ach, komm schon, Alex, wir werden sie bestimmt hören. Wir verstecken uns hinter dem Felsen."

Die beiden hecken doch was aus!, dachte Julian, aber als er sah, wie Lord Riverdale und Garret Hand in Hand tiefer in den Wald gingen, runzelte er die Stirn. *Die benehmen sich äußerst seltsam.* Julian beschloss, ihnen heimlich zu folgen und schlich sich aus der Hütte. Hoch konzentriert versuchte er den auf dem Waldboden liegenden Ästen auszuweichen, um bloß kein Geräusch zu erzeugen, das ihn verraten könnte. Es war für ihn nicht weiter schwer, die beiden zu verfolgen, denn die weißen Breeches und die knallroten Röcke leuchteten ihm förmlich den Weg.

Abrupt blieb Julian stehen, als er die zwei ein paar Meter vor sich auf einer Lichtung ausmachen konnte, die sich hinter einem großen Felsen verbarg. Riverdale stand an einen Baumstamm gelehnt, Garret im Arm, und die beiden Männer küssten sich leidenschaftlich. *Das glaube ich jetzt nicht!*, durchfuhr es Julian. Er kniete sich hinter ein Gebüsch, wo er die zwei bestens sehen konnte, ohne dass er Angst haben musste, von ihnen entdeckt zu werden. Dazu waren sie ohnehin zu beschäftigt.

Riverdale hatte seine Finger in Garrets hellbraunem Haar vergraben, während dieser seinen Unterleib ungeniert an dem großen Mann rieb. „Das reicht jetzt, Garret", sagte der Marquess heiser. „Du machst mich so hart, dass unsere Freunde sehen werden, wie es um mich bestellt ist."

„Sie werden nichts merken, denn bis sie da sind, habe ich dich schon von deinem Druck befreit." Verschmitzt grinsend öffnete der Jüngere Riverdales Hose, ging in die Hocke und holte das harte Glied heraus. Schon verschwand der Schaft bis zur Wurzel in Garrets Mund, worauf der Marquess aufkeuchte und den Kopf zurücklegte.

Dieser Anblick erregte Julian so sehr, dass er spürte, wie sein eigenes Geschlecht anschwoll. *Das kann doch nicht sein!*

Lord Riverdale und Ga...

Julians Herz setzte einen Schlag aus, als sich jemand von hinten an ihn presste und sich eine große Hand auf seinen Mund drückte. „Psst, Kleiner, ich bin es nur."

„Aidan, du hast mich zu Tode erschreckt!", nuschelte Julian. Erleichtert bemerkte er, dass es sein Geliebter war, der sich an ihn schmiegte. Sofort nahm Aidan seine Hand weg, aber er dachte nicht daran, seine Position zu ändern.

„Ja, was haben wir denn da?" Aidan hauchte in Julians Ohr, worauf es in dessen Unterleib kribbelte.

„Siehst du, wir sind nicht die Einzigen. Riverdale und Garret! Ich meine, er ist sein C o u s i n!", flüsterte Julian.

„Da bin ich mir nicht so sicher." Aidan legte seine Hand um ihn und befühlte die beachtliche Beule in Julians Schritt. „Ich habe mir damals auf Mutters Geburtstagsfeier schon gedacht, dass Garret sehr große Ähnlichkeit mit Riverdales Stallburschen hat. Wir waren ein paar Mal auf der Jagd, und einmal hat uns dieser junge Mann begleitet. Riverdale hatte einen Narren an ihm gefressen."

„Sein Stallbursche!", flüsterte Julian aufgeregt und drückte sich Aidan entgegen, der gerade Juls Hose öffnete und dessen Härte befreite.

„Aye, wahrscheinlich hat er das Gerücht über seine fehlende Manneskraft selbst in Umlauf gebracht, dieses Schlitzohr!"

„Was redest du da?" Julian konnte sich kaum mehr auf Aidans Worte konzentrieren. Er starrte nur auf Garret, der Riverdales Länge immer wieder tief im Mund versenkte.

In der Zwischenzeit zerrte Aidan Julians Hose bis zu den Knien herunter. Jul fühlte kurz dessen Zunge an seinem Eingang und wusste genau, was sein Liebhaber beabsichtigte. Sofort zogen sich seine Hoden zusammen.

„Mutter wollte ihn mit Marianne verkuppeln, doch sie erinnerte sich an ein Gerücht, das letztes Jahr in London Schlagzeilen machte!", keuchte Aidan in sein Ohr, als er langsam in ihn eindrang.

„Ganz schön schlau von ihm. Aaah..."

„Sei bloß still!" Aidan hielt ihm den Mund zu, während er sich in immer schneller werdenden Stößen in ihm versenkte. Es dauerte nicht lange, da hallte Riverdales Lustschrei durch die Bäume, und auch Aidan und Julian fanden Erlösung.

Garret rempelte Julian an und holte ihn in die Gegenwart zurück. „Hey, mach nicht so ein verklärtes Gesicht, Jul, du kannst es wohl kaum erwarten, was?“ Mittlerweile war die Nacht hereingebrochen. Die Pferde ruhten im Unterstand neben der kleinen Hütte und die Hunde hatten sich einen Schlafplatz vor der Tür gesucht. Auch Prince war diesmal mit von der Partie. In der Gemeinschaft seiner Artgenossen hatte er seine Ängste vor Gewehren anscheinend überwunden – oder er wollte sich nur nicht die Blöße geben.

Im Kamin prasselte ein munteres Feuer, das die einzige Lichtquelle in dem Raum war. Alle hatten schon ihre Nachtlager vorbereitet, doch wie es so der Brauch war, gab es noch ein kleines Spiel, bevor sie sich schlafen legten. Diesmal hatten sich Garret und Julian etwas ausgedacht, weshalb sich die beiden Adligen von ihnen artig die Augen verbinden ließen.

„Ihr dürft nicht sprechen und müsst alles über euch ergehen lassen, was wir von euch verlangen“, sagte Julian, wobei er Garret verschwörerisch anlächelte. Die zwei jüngeren Männer hatten sich lange überlegt, ob sie ihren Plan in die Tat umsetzen sollten, doch heute hatten sie sich dafür entschieden, es endlich zu wagen. Schon lange hatten sie sich ihr Geheimnis gestanden, aber davon wussten ihre Partner nichts. Garret und Julian träumten davon, es einmal vor anderen mit ihren Liebsten zu machen, hatten aber bisher nicht den Mut gefunden, es Aidan und Riverdale zu sagen. Auch wenn die beiden Jüngeren absolut treue Seelen waren und auch mit keinem anderen schlafen wollten als mit ihren Männern – dieses besondere Erlebnis wollten sie einmal auskosten.

Wie zwei begossene Pudel wirkten Riverdale und Aidan im Schein der Flammen, als Garret und Julian begannen, sie auszuziehen. „Hey, was soll das werden, Kleiner?“, fragte Aidan unsicher, und auch Riverdale murrte: „Ist schon Schlafenszeit?“

„So ähnlich. Und jetzt haltet den Mund, keiner von euch darf sprechen, so lauten die Regeln.“ Julian streifte Aidan ein Kleidungsstück nach dem anderen ab, während er sich zwischendurch immer wieder selbst weiter auszog, genau wie Garret. Schließlich standen alle vier nackt im Raum, wobei sich die zwei Ältesten schützend die Hände vor ihr Geschlecht hielten. Sie protestierten jedoch nicht und schienen neugierig zu sein, was wohl als Nächstes geschehen würde.

Julian dirigierte Aidan zu einem Stuhl, der an der Wand neben dem Kamin stand, und drückte ihn sanft nach unten. Folgsam setzte er sich, aber als Aidan bemerkte, dass Jul ihm die Hände fesselte, wurde er unruhig. Er versuchte, ihm die Arme wegzuziehen, aber Julian hielt sie eisern fest, während Garret das lange Seil fachmännisch verknotete und das freie Ende über einen Deckenbalken führte. Aidans Arme wurden nach oben gezogen, und Garret fixierte sie in dieser Position.

Der Gefesselte lehnte den Kopf zurück gegen die Wand der Hütte, während Julian beobachtete, wie sich Aidans Atmung beschleunigte und sich in seinem Schoß bereits etwas regte. Garret und Jul öffneten Aidans Schenkel weit und hielten sie fest, während Garret eine Hand ausstreckte und Riverdale näher zog.

„Knie dich hin!“, befahl Garret seinem Liebsten, der ohne zu murren zwischen Aidans Schenkel auf den Boden sank. Dann wurden ihm von Julian die Hände auf den Rücken gefesselt. „Ihr werdet nun unsere Sklaven sein und alles machen, was wir von euch verlangen. Wir dulden keinen Widerspruch, denn unsere Strafe wird euch nicht gefallen. Und denkt daran: Ihr dürft keinen Ton von euch geben.“

„Laute der Lust sind allerdings erlaubt“, grinste Garret. Er streichelte Aidan über die Brust, worauf sich dessen Nippel sofort zusammenzogen. Julians Finger kamen hinzu. Vier Hände glitten erfahren über Aidans Bauch und die Innenseiten der Oberschenkel, und schon bald bemerkte Julian, dass sich sein Liebster immer mehr entspannte. Dann legte Garret seine Hand auf Riverdales Kopf und drückte ihn nach vorne. „Da du deine Hände nicht benutzen kannst“, sagte der ehemalige Stallknecht, „musst du deine Umgebung mit dem Mund erkunden.“

Riverdale verharrte einen Moment in seiner seltsamen Position zwischen Aidans geöffneten Beinen und inhalierte den Duft des anderen Mannes. Julian erkannte es daran, wie sich seine Nasenflügel leicht blähten. *Gleich wird ihn Riverdale in den Mund nehmen. Wie wird Aidan reagieren? Er weiß bestimmt, dass ich es nicht sein kann.* Vor Aufregung klopfte ihm das Herz bis in den Hals.

Schließlich beugte sich Riverdale weiter herab, bis seine Lippen Aidans Glied berührten, das schon leicht geschwollen war, aber sich noch nicht ganz aufgerichtet hatte. Aidan rutschte ein Stück zurück und wollte die Schenkel schließen, aber Julian und Garret zogen sie ihm weit auseinander.

„Schön brav sein", flüsterte Jul in sein Ohr. Aidan drehte den Kopf in seine Richtung. Die Lippen hatte er leicht geöffnet, er atmete schwer. Während Riverdale das zuckende Geschlecht küsste, das sich immer weiter emporhob, bemerkte Jul, dass sich auch zwischen den Beinen des Marquess etwas regte. Julian nickte Garret zu, worauf dieser hinter Riverdale kam, um sich an dessen Rücken zu schmiegen. „Nimm ihn in den Mund, Alex", befahl er seinem Partner. Dabei hielt er den Knienden fest, damit er nicht das Gleichgewicht verlor.

Zögerlich schnappte der dunkelhaarige Mann nach Aidans Spitze, und als er sie zu fassen bekam, stöhnte der Viscount laut auf.

Julian erregte der Anblick seines Liebsten ungemein. Er beugte sich zu ihm, streichelte seinen Oberkörper und küsste ihn zärtlich. Gierig kam ihm Aidans Mund entgegen und seine Zunge glitt in Jul, der mit einer Hand tiefer fuhr, über den flachen Bauch, der sich hektisch bewegte, bis zu der Wurzel des Gliedes. Jul umfasste Aidans Schaft und spürte Riverdales Lippen an seinen Fingern.

„Er scheint es gut zu machen", hauchte Jul gegen die Wange seines Liebsten. Dabei starrte er zwischen Aidans Beine, wo ihn der Marquess mit leidenschaftlicher Hingabe verwöhnte. Auch er schien sehr erregt. Garret spielte an Riverdales Härte, während er sich fest von hinten an ihn schmiegte. Als der Adlige aufstöhnte und von Aidan abließ, weil er den Kopf zurückwarf, wusste Julian, dass Garret in ihn eindrang.

Sofort drückte Garret den Kopf wieder nach vorne. „Nicht aufhören, Alex!"

Aidan wand sich auf dem Stuhl, als Riverdale ihn erneut in den Mund saugte, doch die gefesselten Arme über seinem Kopf ließen ihm nicht viel Spielraum. „Pst, Mylord, ganz ruhig." Julian stellte sich neben ihn und legte ihm sein eigenes Glied an die Wange. „Jul, ich kann nicht mehr", flüsterte Aidan atemlos, bevor sich der Jüngere in seinen Mund schob.

„Du wirst warten, bis du an der Reihe bist“, keuchte Julian. Er bemerkte, wie viel Beherrschung es Aidan kostete, nicht in Riverdales Mund zu kommen. Ein Schweißtropfen lief dem Viscount seitlich über den Brustkorb und auch dessen Oberlippe glänzte feucht. „Zuerst bin ich an der Reihe.“

Julian spürte, wie sein Unterleib von Wärme durchflutet wurde, bevor es in seiner Härte von der Wurzel bis zur Spitze heiß aufstieg. Julian bekam nicht mehr mit, was Riverdale und Garret trieben, denn er hatte bloß noch Augen für Aidan. Als er sich in dessen Mund entlud und er dabei seine Finger in das schwarze Haar grub, gab es für Jul nur einen Gedanken: *Aidan, ich liebe dich so sehr.*

Nachdem sich Julian von seinem Höhepunkt erholt hatte und seine Umgebung wieder wahrnahm, gab er Garret ein Zeichen. Der junge Mann drückte daraufhin Riverdales Kopf von Aidan weg und zog den Marquess auf seinen Schoß, sodass sich Garrets Glied tief in dem Gefesselten versenkte. Julian sah, wie Garret um seinen Partner herumgriff, wo er dessen Geschlecht umfasste, das er mit geschmeidigen Bewegungen massierte. Es dauerte nicht lange, da kamen die beiden gleichzeitig.

„Jul, erlöse mich endlich!“, flehte Aidan neben ihm, worauf Julian keine Sekunde zögerte und ihn in den Mund nahm. Sofort schoss ihm Aidans Samen entgegen.

Als es vorbei war und die lustvollen Geräusche verstummt waren, legte sich eine bedrückende Stille auf die kleine Gruppe, die nur vom Knistern der brennenden Holzscheite übertönt wurde. Garret löste Riverdales Fesseln, aber die Augenbinde hatte er ihm noch nicht abgenommen. Julian befreite nun ebenfalls Aidan, doch auch er traute sich nicht, seinem Partner das Tuch zu entfernen. *Hoffentlich geht nun unsere Freundschaft mit Riverdale und Garret nicht in die Brüche. Und wie wird Aidan jetzt zu mir stehen?* Verunsichert sah Julian zu Garret, dem wohl ähnliche Gedanken durch den Kopf gingen.

Riverdale und Aidan zogen sich selbst den Stoff von den Augen, ohne jedoch die Umstehenden anzublicken. Sie rieben sich über ihre Handgelenke und legten sich dann auf ihre

Lager, wo sie unter die Decken schlüpften.

Sich am Kopf kratzend, zuckte Garret mit den Schultern. Ihm war anscheinend nicht ganz wohl. Auch in Julians Magen formte sich ein Klumpen, der immer schwerer wurde, je länger er auf Aidans Rücken starrte, den dieser ihm demonstrativ zugewandt hatte.

Nachdem sich die jüngeren Männer ebenfalls vor dem prasselnden Kamin niedergelassen hatten, wobei sie sich von hinten an die zwei dunkelhaarigen Lords schmiegten, sagte Aidan in die drückende Stille: „Riverdale?"

Zögerlich kam es zurück. „Ja, Shevington?"

Aidan drehte sich herum und griff Julian unter der Decke zwischen die Beine, sodass dieser zusammenzuckte und leicht stöhnte. „Ich glaube, wir müssen unseren Jungs ein wenig mehr Respekt einbläuen."

„Auf alle Fälle! Das nächste Mal stellen wir die Regeln auf, Shev", grinste der Marquess frech und drehte sich ebenfalls um, damit er Garret an sich ziehen konnte.

Erleichtert stieß Julian die Luft aus und schielte zu Garret, dessen Lippen ein Lächeln umspielte, bevor sie hart geküsst wurden. *Oh ja, ich freue mich schon darauf!*, dachte Jul und kuschelte sich selig an Aidans Brust.

Wer wissen möchte, wie Riverdale und Garret zueinandergefunden haben, liest ihre Geschichte in dem Buch TEMPTATIONS – VERSUCHUNGEN oder holt sich die Story "Verbotenes Verlangen" beim "Club der Sinne" als eBook.

Inka Loreen Minden

Inka Loreen Minden ist das Pseudonym einer Autorin, die im Jahr 1976 im bayerischen Berchtesgaden geboren wurde. Nach dem Abitur arbeitete sie einige Jahre als Zahntechnikerin, bevor sie sich 2006 ganz dem Schreiben widmete.
Bei Blue Panther Books erscheinen ihre Geschichten unter dem Pseudonym Lucy Palmer.

Besuchen Sie auch die Website von Inka Loreen Minden:

www.inka-loreen-minden.de

Von der Autorin sind bereits folgende Bücher erschienen:

GAYFÜHLVOLL – homoerotische Geschichten
von Nicole Henser und Inka Loreen Minden
ISBN: 9783837030136

TEMPTATIONS – VERSUCHUNGEN
4 gay historical romances – editio cupido
ISBN: 9783934442603

Feurige Offenbarung – Dämonenglut
von Nicole Henser und Inka Loreen Minden
ISBN: 9783934442610

SUPERNOVAE – corporis voluptas
Drei erotische Liebesgeschichten
ISBN: 9783833494772

Mach mich scharf! & Mach mich wild!
von Lucy Palmer / Blue Panther Books

Ihre **eBooks** erscheinen beim:

www.club-der-sinne.de

Neu im Frühjahr 2009:

Verlockende Versuchungen

von Inka Loreen Minden / Ubooks-Verlag

Weitere Titel aus dem dead soft verlag:

MAGIERBLUT

Die Dämonen des Caskáran
Autor: Simon Rhys Beck
ISBN: 978-3-934442-43-6

Als Zeth, der Anführer der schwarzen Dämonen, zufällig auf den jungen Bennet trifft, ahnt er nicht, dass dieser ein gefährliches Geheimnis in sich trägt.

Dangerous Liaison

Autor: Savi Jansen
ISBN: 978-3-934442-40-5

Robin Sazuke hat der Liebe abgeschworen und lebt einsam in einem Haus am Meer. Durch Zufall lernt er den charismatischen, Franzosen Marcel kennen, aber eine Satanssekte streckt ihre Krallen nach Robin aus.

Ewiges Blut – Ein Vampirroman
Simon Rhys Beck, 978-3-934442-00-9

Julians süßes Blut
Simon Rhys Beck, 978-3-934442-02-3

Blutige Tränen
Simon Rhys Beck, 978-3-934442-08-5

Entführung nach Alhalon
Charlotte Engmann, 978-3-934442-05-4

2 men kissing
J. C. Skylark / S. R. Beck, 978-3-934442-14-6

Weitere Titel aus dem dead soft verlag – editio cupido:

TEMPTATIONS

Inka Loreen Minden

978-3-934442-60-3

Vier Novellen, gespickt mit prickelnder Erotik, laden den Leser auf eine romantische Reise durch das historische England ein:

Verbotenes Verlangen:
Der Marquess of Riverdale liebt schon lange seinen Stallburschen Garret.
Räuberslust:
Räuberhauptmann Blade nimmt den Adligen William Staverton als Geisel.
Feurige Wogen:
Captain Barker und sein Erster Offizier sind seit der Schulzeit erbitterte Feinde. Zufällig müssen sie gemeinsam ein Schiff befehligen.
Verzweifeltes Begehren:
Kriegsveteran John genießt nach seiner Rückkehr aus Indien die wohltuende Behandlung seines Arztes.

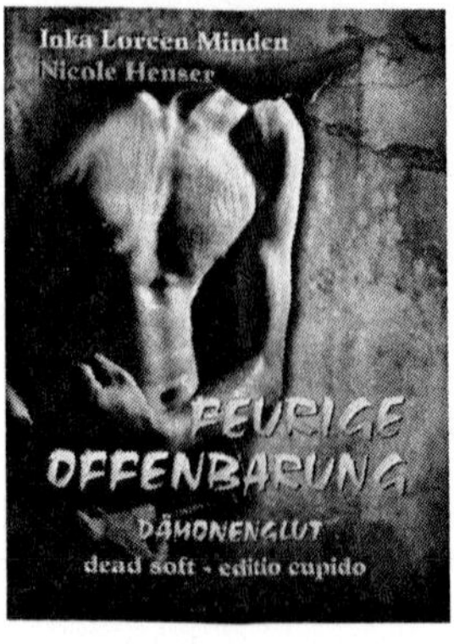

Feurige Offenbarung

Inka Loreen Minden
Nicole Henser

978-3-934442-61-0

Hartgesottene Dämonenkrieger beschützen die Menschheit vor finsteren Mächten. Doch nicht nur fiese Gesellen haben den Jägern den Kampf angesagt, sie müssen sich auch noch mit ihren eigenen Gefühlen herumschlagen.
Da ist auf der einen Seite Brody: Er verliebt sich in einen jungen Mann, der nur zur Hälfte menschlich ist. Aber der einzelgängerische Krieger wehrt sich verbissen gegen seine aufkeimende Leidenschaft. Und da gibt es noch die Jäger Mark und Alan, die ihre Liebe schon lange geheim halten. Als jedoch ein mächtiger Dämon von ihrer Zuneigung erfährt, benutzt er sein Wissen gegen sie, um die Truppe zu schwächen.

Knisternde Erotik und brennende Sehnsüchte führen die Kämpfer in ihre persönliche Hölle, aus der sie nur die Liebe befreien kann.

Das ausführliche Verlagsprogramm finden Sie unter:

www.deadsoft.de